가끔 찬란하고 자주 우울한

가끔 찬란하고 자주 우울한

경조증과 우울 사이에서,
의사가 직접 겪은 조울증의 세계

경조울 지음

북하우스

prologue

2형 양극성 장애를 앓는 의사

나는 2형 양극성 장애를 앓고 있다.

양극성 장애에 대해서 들어본 적이 있는가?

정신질환에 관심이 없는 사람이라도, 우울증이란 병은 익숙할 것이다. 우울한 기분이 2주 이상 지속되고, 일상생활에 악영향을 미칠 정도라면 우울증을 의심할 수 있다.

그런데 우울을 호소하는 사람들이 어쩌면 우울증이 아닌 양극성 장애를 앓고 있을 수도 있다. 양극성 장애는 '조울증'이라는 이름으로 더 널리 알려진 정신질환이다. 우울증과 양극성 장애는 모두 기분장애에 속하고 일견 비슷해 보이지만,

엄연히 다른 질환이다. 두 질병 모두 우울이 나타나지만, 양극성 장애는 조증이나 정도가 더 약한 경(輕)조증이 나타난다.

그중에서도 조증이 심한 경우를 1형 양극성 장애, 경조증과 우울 삽화가 두드러지는 경우를 2형 양극성 장애라고 한다. 조증은 기분이 비정상적으로 들뜨고, 충동적 혹은 폭력적인 행동이나 논리적 비약 등이 나타나는 상태이다. 조증을 겪는 환자는 자신의 월급으로는 도저히 감당하지 못할 값비싼 명품을 구입하기도 하고, 노래를 부르는 취미가 없던 사람이 뜬금없이 직장을 그만두고 가수로 데뷔하겠다고 하는 등 무모한 도전을 벌인다. 고양된 기분만큼 에너지도 과잉한 상태를 보이며, 며칠을 자지 않고 먹지 않아도 '호랑이 기운'이 솟아난다.

경조증, 아까 언급했듯이 조증보다는 가벼운 증상이 나타나는 2형은 1형만큼 심하지 않은 대신 재발이 잦다. 쉽게 말해 덜 아픈데 더 자주 아프다. 그리고 나는 바로 2형 양극성 장애를 앓고 있다.

우울증보다는 생소하지만, 사실 2형 양극성 장애는 꽤 흔한 질환이다. 1형 양극성 장애의 평생 유병률이 1퍼센트 내외라고 알려졌으나,* 최근 질환의 개념이 변화하고 진단 기술이 발전하면서 평생 유병률이 2~3퍼센트에 달한다는 연구들이 이어지고 있다.** 내 주변 사람 100명 중 2~3명이 평생 살면서 한 번은 양극성 장애를 경험한다는 뜻이다.

2형 양극성 장애 환자는 주로 우울하다. 기분이 들뜨는 경조증은 전체 경과 중 아주 짧은 시간밖에 차지하지 않는다. 경조증은 사람을 의욕이 넘치고 활동적으로 만들지만, 조증과는 다르게 일상생활에서 큰 문제를 일으키지 않아서, 환자들은 우울한 시기에만 병원을 찾게 된다. 따라서 2형 양극성 장애는 우울증으로 오진되기 쉽다. 실제로 양극성 장애 환자의 절반 이상이 초기에 우울증으로 진단을 받으며,*** 양극성 장애로 제대로 진단받는 데 평균 십 년 정도가 걸린다.****

즉, 2형 양극성 장애는 우울증과 겉모습이 꽤 닮은, 사촌쯤 되는 질환이다.

* Bebbington P., Ramana R., The epidemiology of bipolar affective disorder, *Social Psychiatry and Psychiatric Epidemiology*, 1995; 30: 279–292.

** Merikangas KR., Jin R., He JP., et al., Prevalence and correlates of bipolar spectrum disorder in the world mental health survey initiative, *Archives of General Psychiatry*, 2011; 68: 241–251.

*** Ghaemi SN., Sachs GS., Chiou AM., et al., Is bipolar disorder still underdiagnosed? Are antidepressants overutilized?, *Journal of Affective Disorders*, 1999; 52: 135–144.

**** Lish JD., Dime-Meenan S., Whybrow PC., et al., The National Depressive and Manic-Depressive Association (DMDA) survey of bipolar members, *Journal of Affective Disorders*. 1994; 31: 281–294.

그리고, 나는 의사다.

이십 대 초반, 의과대학 학생 시절에 2형 양극성 장애로 처음 진단을 받았다. 여느 정신질환자처럼 나도 쉬이 인정하지도, 받아들이지도 못했다. 예비 의사이기 때문에, 내가 환자의 입장이 될 거라고 생각해본 적이 없었다. 마치 세상은 의사와 환자라는 두 부류의 종족으로 이뤄져 있고, 나는 이미 하나의 종족에 해당하기 때문에 다른 하나에는 영원히 귀속될 수 없다는 오만한 믿음이 있었다. 언젠가 노환으로 환자가 될지언정, 젊은 나이에 정신질환으로 환자가 될 것이라고는 전혀 예상하지 못했다.

상태를 부인하고 현실로부터 도망 다니는 십 년 동안, 내 증상이 양극성 장애에 해당되지 않는다는 증거를 찾으려 무수히 애썼지만 매번 실패했다. 치료를 받지 않고 방치하는 동안, 일 년에서 일 년 반 주기로 경조증과 우울 삽화가 반복되는 재발을 겪었다. 2형 양극성 장애는 만성적인 경우가 많으며 대부분의 이환 기간을 우울 증상으로 보낸다. 자연히 가정, 학교, 직장에서 여러 가지 문제를 일으키게 되고, 우울감에 시달리다 자살로 이어지는 경우도 적지 않다. 나도 그랬다. 살면서 수없이 자살을 생각했고, 그보다는 적은 횟수만큼, 그러나 진절머리 날 만큼 자주 계획했다. 겁이 많아서 끝내 시도까지는 해보지 못했지만.

마침내 2형 양극성 장애를 앓고 있다는 사실을 인정한 후에는 공부를 시작했다. 나는 전공의 수련 과정을 마친 전문의이지만, 정신건강의학과 전공은 아니다. 의과대학을 졸업한 뒤 한 번도 펼친 적 없었던 정신과학 교과서를 꺼내 양극성 장애 부분을 읽고 또 읽었다. 증상과 치료, 예후에 대해서 검색 엔진을 뒤져 최신 논문을 찾았다. 그러나 양극성 장애는 우울증이라는 '스타'에 비해 관심을 받는 질환이 아니라 그런지, 상대적으로 정보가 부족했다. 게다가 1형과 2형 양극성 장애는 하나의 스펙트럼으로 묶여 있고 1형 양극성 장애, 특히 조증의 증상이 더 심하다 보니 교과서도, 논문도 주로 1형 양극성 장애에 초점을 맞춘다. 2형 양극성 장애만 단독으로 서술한 책은 굉장히 드물고, 유명인의 사례도, 환자들의 수기도 1형 양극성 장애에 대한 경우가 많았다. 몇 달 동안 자료를 찾고 찾다가 지쳐서 그냥 내가 직접 쓰기로 했다.

정신질환에 가해지는 낙인이 심한 한국 사회에서, 자신의 질병 경험을 솔직하게 고백하는 글은 그 자체로 매우 귀중하다. 이 글은, 나 자신과 지금 이 글을 읽고 있을 누군가를 위로하기 위해서 썼다. 사람들이 생각하는 것만큼 경조증이나 우울, 그리고 자살 사고는, 계획은, 시도는 일회성으로 끝나는 사건이 아니다. 나처럼 2형 양극성 장애와 불면증, 자살 사고를 안고 사는 사람들의 이야기를 직접 쓰고 싶었다. 그럼 적어도, '아, 나만 그런 건 아니구나' 하고 소소한 위로 정도는 될 거 같아서.

현대 사회에서 한 번도 우울하지 않았던 사람은 오히려 매우 찾기 힘들 것이다. 이 책이 우울한, 혹은 우울했던 누군가에게, 자신이 우울증이 아니라 양극성 장애일지도 모른다는 생각을 하게 만드는 단초가 됐으면 한다. 앞서 말했듯, 우울증과 양극성 장애는 몹시 닮아 있다. 양극성 장애가 우울증으로 오진되는 경우도 흔하다. 혹자는 그렇게 생각할 수도 있다. 어차피 두 질환 다 우울이 나타난다면, 어느 쪽으로 진단받아도 항우울제만 제대로 복용하면 되는 것 아닌가. 하지만 정확한 진단은 몹시 중요하다. 양극성 장애 환자에게 항우울제를 잘못 처방하면 증상을 오히려 더 악화시킬 수 있다. 양극성 장애는 항우울제보다는 기분조절제 계통의 약물을 써야 하며, 우울증에 비해서 재발이 잦기 때문에 예후가 크게 달라진다.

나는 정신건강의학과 전문의가 아니기에 질병에 대한 아주 전문적인 이야기는 쓸 수 없을 것이다. 하지만 이 글이 최소한 자료를 찾지 못해 소외감을 느끼고 있는 양극성 장애,

특히 2형 양극성 장애 환자들에게 조금이라도 도움이 되길 바란다. 공감과 지지는, 그게 아니더라도 최소한 말이나 글을 통한 환기는 꽤 힘이 크다.

이 글은 필명으로 썼다. 느끼고 생각한 바를 최대한 진솔하게 적으려면 나라는 사람의 신상까지 노출하는 것은 불가능했다. 어쨌거나 나도 먹고는 살아야 하니까. 그 정도는 이해해 주기를, 미리 양해를 구한다. 마지막으로 의사가 쓴 수기라도 결국 환자 한 명의 개인적인 경험이다. 내가 모든 2형 양극성 장애 환자를 대표할 순 없다. 그저 수많은 환자 사례 중 하나일 뿐. 성급한 일반화는 하지 않기를 미리 당부한다.

차례

3장 나는 2형 양극성 장애를 앓고 있다

1장

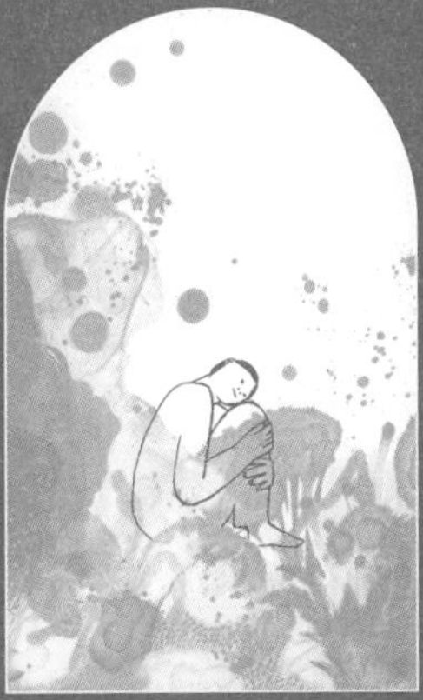

우울증이 아니었다

봄

경조증

봄이 온다.

두 뺨으로 느껴지는 기온이 시나브로 높아지면서 나무에는 보드라운 새순이 돋고, 백화난만하게 꽃이 핀다. 동시에 나의 겨울에도 마침내 봄이 찾아왔다. 긴 우울의 늪에서 벗어나는 게 느껴진다. 아침에 침대 밖으로 내딛는 한 걸음이 무겁지 않고, 맡은 일을 기한 안에 완벽하게 마무리할 수 있을 것 같다. 자신감이 샘솟는다. 오랜만에 나 자신이 사랑스럽다. 스스로에게 친절해지고 싶다. 식욕도, 소화 능력도 돌아왔다. 먹고 싶은 음식을 떠올리고, 우울했던 동안 야윈 두 뺨 위로 생기가 돈다.

'이번 주말엔 영화나 보러 갈까.'

드디어 무언가 하고 싶다는 생산적인 욕구를 느낀다. 혼자만의 시간은 더 이상 괴로움이나 죄책감을 선사하지 않는다. 아무도 나를 찾지 않고, 아무것도 하지 않을 자유를 감사하게 받아들인다. 잠 못 드는 길고 긴 밤 동안, 침대에 무기력하게 누워 일상의 허물을 곱씹을 필요도 없다. 약 없이도 잠들 수 있고, 중간에 깨지 않고 꿈도 없는 숙면을 만끽한다. 봄이다, 드디어 봄이 왔다.

그리고 그렇게, 경조증이 온다.

경조증hypomania은 가벼운 조증mania을 뜻한다. 조증은 쉽게 표현하자면 지나치게 기분이 들뜨는 것이다. 양극성 장애는 비정상적 흥분 상태인 조증 삽화와 비정상적 우울 상태인 우울 삽화가 주기적으로 번갈아가며 나타나는 병이다. 그래서 조울병 혹은 조울증이라고도 불린다. 1형은 조증 삽화가 두드러지고, 2형은 우울 삽화를 주로 보이며 경조증 삽화가 함께 나타난다. 1형 양극성 장애 환자의 경우, 조증 상태일 때 몹시 흥분한 것처럼 보이고, 짙은 화장이나 화려한 옷차림으로 스스로 단장하는 경향을 보여 외관상으로도 티가 난다. 또한 파산할 지경까지 과소비를 하거나 자신이 초능력을 가지고 있다고 믿기도 하는 등, 정신병적 증상이 나타나기도 한다.

그에 비해 나 같은 2형 환자가 겪는 경조증은 조증만큼 심각하지는 않다. 기분이 들뜨기는 하지만 조증에 동반되는 정신병적 증상은 거의 나타나지 않는다. 경조증 시기의 2형 환자들은 유독 밝고 쾌활하다. 정신적으로나 신체적으로 과하게 생기가 넘칠 뿐, 말을 하지 않으면 주변에서는 대부분 이 상황을 감지하지 못한다. 심지어 가족이나 친구들조차도.

나는 경조증이 나타날 때 가장 생산적이다. 자고 싶다는 욕구를 그다지 느끼지 않으며, 잠을 평소보다 훨씬 적게 자도 피곤하지 않고, 심지어 에너지가 넘친다. 시종일관 유쾌하고, 주변 사람들을 웃기는 농담도 곧잘 하며, 새로운 사람들을 만나는 것을 즐긴다(평소의 나는 대표적인 '집순이'다). 경조증 시기의 나는 끊임없이 긍정적인 기운을 전파하는 '행복 전도사'이다. 그 시절 처음 만난 친구 A는 아직도 나를 쉴 새 없이 재잘거리고, 자신을 웃게 만들었으며, 신나는 계획을 잔뜩 세우던 '태양 같은' 사람으로 기억한다.

남들이라면 가장 힘들어할 전공의 일 년 차 때 경조증을 겪었다. 매일같이 해가 뜨기도 전에 가장 먼저 출근했다. 아침 일곱 시 콘퍼런스 시작 전에 이미 모든 환자의 상태를 파악하고 회진 준비를 마쳤다. 나는 교수님 회진 시간에 적극적으로 보고하고, 질문하며, 토론을 즐기는 열성적인 전공의였다. 월말마다 교수들은 담당 전공의에 대한 평가를 하는데, 나는 '준비된 자세'와 '적극성'에서 항상 높은 점수를 받았다. 환자를 보며 정신없이 바쁜 와중에도 두터운 교과서를 뒤지며 공부를 했고, 당직 때는 병동 콜에 시달리며 한숨도 못 자도 피곤하지 않았다.

원래도 일이 빠른 편이지만 경조증 덕에 두뇌 회전이 빨라지면서 일을 처리하는 속도와 정확성, 효율성이 평소와 비교할 수 없을 정도로 좋아진다. 항상 창의적인 영감이 떠오른다. 실제로 2형 양극성 장애를 앓는 예술가들은 경조증 시기에 많은 작품을 창작한다. 평소 글쓰기를 좋아하는 나는 쉬지 않고 끄적였다. 밥을 먹다가도, 양치를 하다가도, 친구를 만나 수다를 떨면서도 끊임없이 소재를 떠올렸다. 잠도 자지 않고 글을 썼다. 거침없이 펜을 휘두르며 희열을 느꼈다. 독일 작가 토마스 멜레는 『등 뒤의 세상』이라는 작품을 통해 자신이 앓고 있던 1형 양극성 장애를 기록하며 조증 시기의 자신을 '뇌가 타버린 광대'라고 표현했다. 경조증은 조증만큼 심하지는 않으니까, 그의 표현에 따르면 나는 '뇌가 좀 더 번쩍이는 광대'쯤 되었겠다.

"그 친구? 정말이지 능력이 굉장해."

경조증 시기에 함께 일했던 사람들은 누구나 나의 업무 능력에 대해 혀를 내둘렀다. 일이 주는 즐거움이 워낙 크기에 오랜 시간 지친 기색도 없이 일에 몰두할 수 있었다. 나는 유능하고, 결코 지치지 않는 '에너자이저'였다.

경조증은 달콤하다.

그 시기의 나는 뭐든지 복스럽게 잘 먹는다. 통 입맛이 없고, 식사량이 평소의 절반도 되지 않는 우울 삽화 기간과는 대조적이다. 소화가 잘 되지 않는다는 이유로 잘 먹지 않던 육류나 맵고 짠 음식을 즐긴다. 유난히 군침이 돌고, 모든 음식의 한 입 한 입이 맛있게 느껴진다. 경조증을 앓는 나는 의욕적으로 '맛집 순례'를 떠나고 새로운 맛에 도전하는 미식가이자, 제철 음식을 찾아 떠나는 맛의 하이에나이다(평소 나는 주변에서 걱정할 정도로 식탐이 없고 입이 짧다). 하지만 일이 너무 좋고, 그만큼 몰두하기 때문에 경조증 시기에는 끼니를 거르거나, 가볍게 요기만 하고 넘길 때가 더 많다. 그래도 불만이 없다. 잠을 자지 않아도 피로를 느끼지 않는 것처럼, 먹지 않아도 허기지거나 짜증이 나지 않는다. 잠을 자지 않아도, 먹지 않아도 힘이 넘치는 로봇 같다.

그러나 나도 결국 나약한 인간일 뿐, 이런 생활을 영원히 누릴 수 있는 인간은 이 세상 어디에도 없다. 경조증 기간에 내가 누린 '봄날의 햇살'엔 늘 대가가 따랐다. 필수 영양소를 제대로 섭취하지 못한 몸은 면역력이 떨어져 감기를 달고 살았고, 수면 부족 때문에 주말엔 점심을 훌쩍 넘기도록 잠만 잤다. 무엇보다 사그라든 열정과 업무 효율에 참을 수 없는 짜증을 느꼈다. 경조증이 지나가면 스스로를 혹사시킨 만큼, 혹은 그보다 긴 회복기를 거쳐야 했다. 경조증 시기의 비정상적으로 높은 에너지가 영원히 지속되리라고 기대하는 것 자체가 그릇된 것이었는데, 이 시기의 나는 그 사실도, 그리고 점차 심신이 지쳐간다는 사실도 좀처럼 깨닫지 못했다.

뒤돌아보면 경조증 시기의 나는 늘 새로운 취미를 시작했다. 많은 돈과 시간을 필요로 하기에 평소에는 시작할 엄두가 나지 않는 취미가 대부분이었다. 골프 레슨을 시작하거나 일주일에 세 번씩 개인 트레이닝을 받고 수개월 만에 바디프로필을 찍었다. 값비싼 골프채와 옷을 구입하고, 한 번에 백 회씩 트레이너와 계약을 맺었다. 닭가슴살과 고구마를 냉장고에 잔뜩 쟁여놓고 엄격하게 식단을 지켰다. 정신적으로나 신체적으로 에너지가 넘쳤고, 새로운 취미를 통해 더 나은 나 자신이 되리라는 확신으로 가득 찼다. 늘 체력이 약한 편이라고 생각했지만, 경조증 시기에는 하루 몇 시간씩 격한 운동을 해도 오히려 힘이 샘솟았다.

주량도 늘었다. 평소 술이 약한 편이라 두세 잔만 마셔도 알딸딸하게 취하곤 하지만, 경조증 시기엔 와인 한 병을 거뜬하게 비웠다. 일주일에 한 번 마실까 말까 했던 술을 유독 자주 마셨다. 취기가 돌면 기분이 좋아지면서 근거 없는 자신감에 고취되곤 했다. 나는 사랑스러운 사람이야. 모두가 나와 친해지고 싶어 하지. 적당히 취한 나는 주변 사람들에게 인기가 좋았다. 후배나 친구들이 모인 자리에서 거하게 술값을 냈고, 사람들을 곧잘 웃게 했으니까. 건강한 음주는 결코 아니었다. 어제 마신 술 때문에 깨질 것 같은 두통에 시달리면서도 오늘 또 다른 친구와 음주가무를 즐겼다. 몸이 이겨내지 못하는 걸 알면서도 한번 술을 따르면 멈출 수가 없었다. 한 잔이 한 병이 되고, 한 병이 두 병, 세 병이 되는 일은 흔하고 흔한 일이었다. 지나친 음주는 부작용을 낳았다. 적지 않은 비용을 하룻밤 술값으로 날리거나, '불장난'으로 홧김에 연애를 시작한다거나, 어렵게 생각했던 선배에게 밤늦은 시간 전화해 말실수를 한다거나. 생각 없는 행동 때문에 소중하게 생각했던 사람과 영영 멀어지기도 했지만, 나는 애써 젊은 날의 치기라고, 완벽주의자의 인간미라고 합리화하기 바빴다.

업무, 자기계발, 대인관계 등 다양한 방면에서 자기 효능감이 두루두루 높아지면서 자신감이 샘솟았고, 고취된 자신감은 곧 나르시시즘으로 이어졌다. 나는 경조증 시기의 나를 유독 사랑했다. 누구든 그렇지 않겠는가? '나'는 밝고 사랑스러운, 특별한 사람이었으니까.

진단받기 전에는 이 시기가 경조증이라는 걸 깨닫지 못하고 그저 '체력이 좋아졌다'거나 '요즘 들어 일이 잘 풀린다'고 생각했다. 살다 보면 이런 날도 있고, 저런 날도 있는 법, 삶의 주기겠거니 여겼다. 2형 양극성 장애로 진단받은 뒤에도 경조증이 스쳐 지나가는 삽화일 뿐이며, 정상적이지 않다는 사실을 좀처럼 인정할 수 없었다. 경조증을 겪고 있다는 걸 아무도 모를 정도로 일상생활에 문제를 일으키지 않았으니까.

첫 우울 삽화를 겪은 뒤, 나는 스스로가 2형 양극성 장애 환자가 아니라 우울증 환자이길, 아니, 환자였길 바랐다. 그럼 '우울증'이 좋아졌으므로 나는 더 이상 정신질환자가 아니며, 심지어 마음의 감기를 극복한 '성공 신화'가 될 수 있으니까. 무엇보다 결정적으로 우울 삽화를 우울증이라는 전혀 다른 질환으로 규정지어 지금의 나로부터 분리해버리면, 경조증 시기의 나를 '진정한 나'라고 맘껏 착각할 수 있었다.

나는 원래 밝고 긍정적인 사람이야.

나는 원래 일을 잘하는 사람이야.

나는 원래 매력적이고 사회성이 좋은 사람이야.

우울증을 겪어서 잠시 흔들렸을 뿐이야.

나는 경조증을 기다렸다. '봄날'이 그리웠다. 그래서 우울 삽화를 벗어날 때마다 약을 자의로 중단했다. 그러나 2형 양극성 장애에서는 경조증보다 우울 증상이 더 흔하게, 더 길게 나타난다. 경조증 상태는 10년 기준 1.5개월밖에 되지 않는 반면, 우울 삽화는 5년으로 증상 발현 기간의 대부분을 차지한다.* 약을 중단하면 경조증을 겪을 가능성보다 다시 우울해질 가능성이 훨씬 더 높았지만, 내 멋대로 '우울 삽화를 한 번 겪었으니 이번엔 경조증을 겪을 차례야'라고 결론 내렸다. 그렇게 약을 중단하고 경조증이 찾아오기를 손꼽아 기다렸다. 대부분은 내 마음대로 되지 않았지만.

2형 양극성 장애로 진단받은 뒤부터 경조증이 찾아오면 어렴풋이 알 수 있었다. '봄'이 왔다는 걸. 나는 이 꿈에서 깨지 않기를, 행운이 지속되기를 바랐다. 토마스 멜레는 조증 삽화를 찰나의 행복이지만 견고하게 쌓아가는 불행이라고 묘사

* 바이폴라포럼 지음, 『조울병에 대한 거의 모든 것』, 시그마북스, 2021.

했다.* 그가 앓았던 조증과 경조증은 다르지만, 적어도 나는 그가 어떤 의미로 이런 말을 했는지 완벽하게 이해할 수 있다. 경조증은 마치 마약과도 같았다. 쉽사리 놓을 수 없는, 왜곡된 쾌락을 선사했으니까. 경조증이 지나간 뒤엔 몇 번이고 기억을 되새김질하며 그 시절의 달콤함을 음미했다. 하루아침에 무미건조하게 변해버린 일상은 금단현상처럼 괴로웠다.

진단받은 지 수년이 지나서야 내가 2형 양극성 장애를 앓고 있다는 사실을 받아들일 수 있었고, 경조증과 우울을 오가는 주기가 있다는 것을 깨달았다. 경조증이 높게 가면 우울도 깊고, 경조증이 얕게 가면 우울도 얕다는 사실도. 경조증이든 우울이든, 증상이 없는 기간은 길어야 일 년 반이었다. '운 좋게' 봄이 찾아와도, 길어봤자 채 두 달을 넘지 않았다. 경조증은 갑자기 시작한 만큼이나 허망하게 끝나버렸다. 어느 날부터 다시 잠이 오지 않았다. 잠 못 드는 시간이 하염없이 길게 느껴졌다. 뺨을 스치는 상쾌한 봄바람이 후덥지근한 여름의 그것으로 바뀌었다고 생각될 때쯤, '봄'이 선사한 마법도 아지랑이처럼 사라졌다.

* 토마스 멜레 지음, 『등 뒤의 세상』, 이기숙 옮김, 그러나, 2018.

첫사랑

첫 진단

살려주세요. 저 정말 이러다 죽을 거 같아요.

첫 번째 우울 삽화를 떠올리면, 교내 상담실 문 앞에 서서 울고 있던 내가 떠오른다. 단풍이 곱게 들기 시작한, 가을의 초입이었다. 그 좋은 날, 동기들은 모두 점심을 먹으러 갔는데 나는 끼니도 거른 채 상담실을 찾았다. 칼로 손목을 그어 버리고 싶다는 충동에 사로잡혀 한숨도 자지 못한 날이었다.

상담실은 친숙했다. 의과대학에 진학한 뒤 얼마 되지 않아 그곳을 찾았다. 우연히 학과 행정실 건물을 찾았다가 복도 끝의 표지판을 보았고, 무언가에 홀린 듯이 문을 열고 들어섰다.

"어떻게 오셨나요?"

약속도 없이 불쑥 찾아온 나를 상담사는 따뜻한 미소로 맞아주었다. 층고가 높은, 오래된 건물의 큰 유리창으로 들어오는 햇살이 따스했다. 방 한쪽에는 향기 좋은 차가 끓고 있었고, 잔잔한 음악이 흘러나왔다. 평소 알고 있던 의과대학 캠퍼스와는 완전히 다른 세계였다. 토끼를 따라 이상한 나라에 첫 발을 내디딘 앨리스가 이런 기분이었을까.

그날 이후 약 2년 동안 1~2주에 한 번씩 상담실을 찾았다. 처음에는 진로 상담을 하러 갔다. 의학이 적성과 맞지 않는다고 생각했고, 의과대학에 소속감을 느끼지 못했다. 물론 겉으로는 큰 문제가 없었다. MBTI를 비롯한 직업 적성 검사는 내게 의사라는 직업이 잘 어울린다는 결과를 보여주었다. 적성과 맞지 않는 것치곤 공부도 열심히 했으며, 성적도 상위권으로 유지했다. 마음 맞는 친구들도 여럿 있어 항상 어울려 다녔고, 나머지 동기들과의 관계도 원만했다.

돌이켜보면 진로 고민은 핑계였고, 진짜 이유는 반복되는 우울과 자살 사고에 대해 누군가에게라도 털어놓고 싶어서였지만, 스스로 깨닫지 못했기에 마음속 고민을 좀체 표현하질 못했다. 갓 스무 살을 넘긴 나는 어렸고, 내가 어떤 감정을 느끼는지, 무엇을 생각하는지조차 몰랐다. 덕분에 생뚱맞은 이야기만 실컷 늘어놓다 나오곤 했다. 어떤 날은 부모님과 다툰 이야기를, 어떤 날은 친구들에 대한 이야기를, 어떤 날은 취미생활과 의과대학 공부를 병행하기가 어렵다는 이야기를 했다.

"조울씨는 진짜 하고 싶은 이야기를 숨기는 것 같아요."

가끔 상담사가 웃음기 섞인 핀잔을 던질 만큼, 상담이라고 부르기 머쓱한 시시콜콜한 잡담을 나누더라도 그곳을 찾는 게 즐거웠다. 상담사는 늘 상냥하게 맞아주었고, 무슨 이야기를 해도 인내를 가지고 들어주었다. 내가 어떤 말을 하든 성심성의껏 들어주고 친절한 반응을 보여주는 사람. 태어나서 그런 어른을 만난 것이 처음이었다.

전형적인 경상도 집안이었던 우리 가족은 평소 대화가 많지 않았다. 가족 구성원들은 용건이 있어야 서로에게 말을 거는 편이었다. 당연히 애정 표현도 거의 없었다. 대학에 와서 부모님과 통화를 마치며 자연스럽게 사랑한다고 말하는 친구를 보고 깜짝 놀랐다. 우리 집에서 사랑한다고 말하면 '용돈 부족하니?'란 답이 돌아온다고 말하며 친구와 깔깔댔던 기억이 난다. 그래서 우리 집 지붕 밑엔 감정에 대해서 털어놓고 이야기할 사람이 없었다.

의과대학에서 공부해야 하는 지식의 양이 방대했기에 식

사 시간을 줄이는 식으로 상담 시간을 짜내야 했지만, 샌드위치 따위로 끼니를 때워도 그 편이 마음이 편했다. 상담실에 왜 가는지도 몰랐지만 그곳에서 위안을 느꼈다. 상담사가 잘 이끌어준 덕에 스스로 느끼는 감정에 대해서 솔직하게 인정하고 말로 표현하는 데도 아주 조금씩 익숙해져갔다.

그러던 어느 날, 나는 생애 첫 우울 삽화를 겪었다. 아니, 우울 삽화야 청소년기부터 수차례 겪었으므로 정확하게 표현하자면 처음으로 우울 삽화 때문에 치료를 받았다. 스스로 병적으로 우울하다는 사실을 처음으로 인식하고 도움을 구한 것이다.

그 무렵 나는 첫 남자친구와 헤어졌다. 첫사랑이었다. D는 나보다 나이가 훨씬 많은 대학 선배였다. 왜소한 체격에 대한 자격지심이 강하고, 사회적으로 명망 있는 아버지에 대해 오이디푸스 콤플렉스를 가지고 있는 남자였다. 살인적인 학습량을 자랑하는 의과대학에 막 발을 내딛은 나에게, 그는 내가 걸어가야 하는 첩첩산중을 이미 지나 졸업을 앞두고 있는 '선구자'였다. 나는 그에게 선망과 동경이 뒤섞인 애정을 느꼈고, 그에게 있어 나란 존재는 콤플렉스를 잊게 만들어주는 마취제였던 것 같다.

"아이고, 그런 걸 다 고민하고, 우리 아기 귀엽네."

서른을 앞둔 D는 내 나이 때 마땅히 해야 할 진로나 대인 관계에 대한 고민을 하찮게 여겼다. 어렵게 마음속 이야기를 털어놓아도 귀엽다는 말로 대수롭지 않게 넘기곤 했다. 나를 '아기'라고 부르며 마치 강아지처럼 귀여워했고, 그건 연인을 동등한 인격체로 존중해주는 것과는 거리가 멀었다. 다시 돌이켜봐도 썩 건강한 관계는 아니었다.

그럼에도 불구하고 나는 모든 애정을 D에게 쏟아부었다. D는 태어나 처음으로 나에게 마음의 안정을 주고, 사랑받아 마땅하다는 확신을 준 사람이었다. 내가 선망하는 대상이 나를 사랑한다는 사실이 마치 천군만마를 얻은 듯 든든했다. 나를 바라보는 따뜻한 눈빛, 사랑스러운 말투, 다정한 스킨십은 모두 나의 존재 이유를 굳건하게 만들어주었다. 그는 부모님에게서 충족받지 못한 인정 욕구를 채워주었고, 자존감을 높여주었다. 적어도 그때는 그렇게 느꼈다.

자존감이 극도로 낮았던 당시의 나에게, 그의 애정표현은 자존감을 높이는 유일한 수단이었다. D와 함께 있을 때 나는 안전했고 행복했다. 존재만으로도 행복하게 만들어주는 존재. 환상 속 그의 모습은 점점 유니콘에 가까워졌고, 그가 미화되면 미화될수록 나의 집착도 더 심해져갔다. 그 시절 나는

D와의 관계에, 내가 사랑이라고 믿었던 무엇인가에 중독되어 있었다. D와 헤어지고 한참 뒤에 '사랑 중독증'이라는 상태에 대해 알게 되었는데, 당시 나의 상태와 정확하게 일치했다. 상대방에 대한 과민반응, 과도한 몰입, 그리고 비현실적인 기대까지.* D를 향한 나의 감정은 세 가지가 모두 혼재된 양상으로 나타났다. 연애 초반의 열정적인 시기를 지나며 D와의 관계는 안정기에 돌입했고, 극성스러울 정도의 관심과 표현은 자연스럽게 줄어들었지만 그 사실을 받아들이기 힘들었다. 나에 대한 관심과 표현이 곧 사랑의 척도라고, 아니, 나의 존재 가치라고 굳건히 믿었기 때문이었다.

다른 사람들과의 연락이나 관계는 더 이상 즐겁지 않았다. 모든 시간과 에너지를 D를 만나는 데만 쏟았다. 일상은 D를 중심으로 변해갔고, 삶의 균형은 빠르게 무너졌다. 집착의 정도가 커지면서 나에 대한 D의 애정이 점차 식었던 것은 당연한 일이다. 그 무렵 나는 일기장에 이렇게 적었다.

'D는 마치 모래알과 같아서, 움켜쥐려 하면 할수록 더 빨리 손가락 사이로 빠져나간다. 나는 그저 무기력하게, 그가 나에게서 멀어지는 것을 바라볼 뿐이다.'

* 마사 비레다 지음, 『사랑 중독증』, 신민섭 옮김, 학지사, 2005.

D와의 연애는 파국을 피하지 못했다. 그는 집착에서 벗어나 자신을 인정해줄 새로운 사람을 찾았고, 나와의 관계를 깨끗하게 마무리하지 않은 채로 새로운 연애를 즐기다 들켜 내 인생에서 빠져나갔다. 비록 우리 관계가 썩 이상적이진 않았더라도 한창 사귀던 도중에 바람을 피운 것은 엄연히 그의 잘못인데도, 나는 스스로를 비난했다. 나의 본모습을 알게 되면서 실망한 걸지도 몰라. 역시 난 사랑받을 자격이 없어. 내가 너무 집착해서, 내가 '그 여자'보다 못났기 때문에 떠난 걸까? 앞으로 D만큼 나를 사랑해줄 사람은 없어. 다시는 행복해지지 못할 거야. 나는 마치 형벌처럼 이별을 받아들였다.

연애를 중심으로 끼워 맞춰져 있던 나의 일상은 엉망이 되었고, 억지로 쌓아 올린 자존감은 순식간에 무너져내렸다. 누군가를 통해 나의 가치를 확인하려 했으니, 그 존재가 사라졌을 때 나의 가치도 사라졌다고 믿는 것은 당연한 일이었다. D와 전혀 상관없이, 아니, 이 세상 누군가와도 상관없이 나는 사랑받아 마땅한 사람이며, 존재만으로도 아름답고 귀하다는 사실을 그때는 깨닫지 못했다. 그리고 이후에도 오랫동안.

자존감을 높여주던 '유일한' 존재가 사라지자 죽고 싶을 만큼 괴로웠다. 아침에 눈을 뜨는 게 저주스러웠다. 우울했다. 아무것도 하고 싶지 않았다. 입맛이 없어졌고, 두 숟가락 이상 음식을 삼키지 못했다. 한 달 만에 5킬로그램 이상 살이 빠졌다. 만나는 모든 사람이 무슨 일이 있나 걱정할 정도로, 꼬챙이처럼 말라갔다. 수업에 도무지 집중할 수가 없었고, 멍한 눈빛으로 앉아만 있는 시간이 늘어났다. 남자친구와 헤어졌다는 말을 할 때마다, 사람들의 안쓰러워하는 표정이 마치 나에 대한 비웃음이나 비난처럼 보였다. D가 바람을 피워 헤어진 것도 마치 나 때문인 듯했다. 과도한 수치심과 죄책감을 느꼈고, 밤이면 똑같은 생각을 곱씹으며 뜬눈으로 밤을 지새웠다.

D가 그리워. 보고 싶어서 죽을 것 같아. 이런 끔찍한 고통을 겪을 바엔 차라리 진짜로 죽어버렸으면.

그날 밤 마치 어린아이가 인형을 쥐듯이 커터칼을 쥔 채로 무기력하게 눈물 흘리던 나를 기억한다.

상담실을 찾은 건 생존 본능에 가까웠다. 상담실은 언제나 나의 안전지대였다. 누군가에게 새어나갈 걱정 없이 나의 이야기를 솔직하게 털어놓을 수 있는 공간. 문이 닫히고 이 방에 오롯이 상담사와 나만 있다는 걸 깨닫자 눈물이 쏟아졌다. 놀란 상담사는 황급히 나를 의자에 앉히고 따뜻한 차를 내어주었다. 흐느낌 사이로 말이 구토처럼 쏟아져 나왔다. D를 얼마나 사랑했는지, 왜 헤어졌는지, 이별 후 내 삶이 얼마나 처참하게 망가졌는지. 30분 남짓 미친 사람처럼 떠들고 나서야 나는 겨우 진정할 수 있었다.

집요한 자살 사고와 계획은 응급 상황이었고, 상담만으로는 부족하다고 판단한 상담사는 약물 치료를 병행할 것을 권했다. 나 같은 상황에 처한 학생들이 아무도 모르게 치료를 받을 수 있도록, 모교 병원의 정신건강의학과 교수님께서 늦은 밤까지 진료실을 열어두셨다. 덕분에 나는 너무 늦지 않게 상담과 약물 치료를 시작할 수 있었다.

그리고 그때, 처음으로 2형 양극성 장애 진단을 받았다. 스물세 살의 가을이었다.

지식화

부정

스물세 살, 이별을 겪은 뒤 촉발된 우울 삽화로 생애 첫 정신건강의학과 진료를 받았다. 낮동안 떠들썩했던 병원이 조용해지고 한참이 흐른 뒤에야 교수님의 진료실을 찾았다. 최대한 다른 사람들의 눈에 띄고 싶지 않았다.

사실 교수님을 만나기도 전에, 나는 스스로 우울증이라고 진단을 내렸다. 갓 정신과학을 배운 풋내기였지만, 나의 증상은 수업 시간에 배운 주요우울장애의 진단 기준을 완벽하게 충족했다. 하루 종일 우울했고, 매일 아무런 흥미를 느끼지 못했다. 식욕이 극도로 감소했으며 체중은 건강을 위협할 정도로 줄었다. 깊은 밤에도 잠들지 못하고 뒤척였다. 마치 누군가 칼을 들고 쫓아오는 듯한 초조함과 불안이 매 순간 나의 숨통을 조여오는 듯했고, 나 같은 건 이 세상에 존재할 이유조차 없다는 무가치함에 차라리 죽어버리고 싶었다. 수업에 집중할 수 없었고, 신체활동을 거의 하지 않는데도 심한 피로를 느꼈다. 모든 증상이 심각한 수준이어서 대인관계와 학업은 물론이오, 스스로를 돌보는 일상마저 버거웠다. 약물이나 질병으로 인한 이차적 증상도 아니었다.

그러나 웬걸, 내가 우울증이 아니라 2형 양극성 장애라니.

"살면서 과하게 기분이 들뜨거나, 유난히 기운이 넘친다고 느꼈던 적이 있나요?"

경조증 여부를 파악하기 위한 교수님의 질문이 우울증과 양극성 장애의 경계를 구분 지었다. 양극성 장애를 겪어본 적 없는 일반인이라면, 이 질문 자체가 굉장히 뜬금없게, 혹은 괴상하게 들릴 것이다. 기분이 과하게 들뜬다는 건 어떤 건지, 넘치는 기운이 왜 병적인지 이해하지 못할 테니까. 아니면 살다가 누구나 한 번쯤은 그럴 수 있다고 생각할 것이다. 그러나 나는 질문에 허를 찔린 기분이었다. 눈앞에 지난날 겪었던 '봄날'들이 스쳐 지나갔다. 인정하고 싶지 않았지만 빠져나갈 수 없었다. 내가 겪은 증상이 무엇인지, 어떤 감정을 느끼는지 교수님은 꿰뚫어 보셨으니까.

이미 경조증을 수차례 겪었던지라, 나는 우울증이 아니라 2형 양극성 장애로 진단받았다. 양극성 장애가 뭔지, 1형과 2형은 어떻게 나뉘며 우울증과는 무엇이 다른지, 앞으로 어떤 약을 먹게 될 것인지 조곤조곤 설명을 들었다. 예의 바르게 고개를 끄덕이긴 했지만 나는 첫 진단을 믿지 않았다. 이렇게 우울한데 내가 우울증이 아니라고?

하지만 상관없었다. 중요한 것은 죽고 싶을 만큼 괴로운 상태를 벗어나는 것이었을 뿐, 그 상태가 무엇인지는 하찮은 것이었다. 정확한 진단명을 신경 쓸 에너지가 없었다. 나는 다소 무기력하게 진단명을 받아들였다. 그렇구나, 우울증이든, 양극성 장애든, 될 대로 되라지. 어쨌거나 그후 꾸준히 기분안정제와 수면제를 복용했고, 일주일에 한 번씩 상담과 진료를 받았다. 몇 주가 흐르고 우울과 자살 사고는 가라앉았고, 나도 조금씩 일상의 안정을 되찾았다. 친구들과 어울리며 웃고 떠들기도 하고, 다시 음식을 정상적으로 먹기 시작했다. 이윽고 살이 올라 혈색이 돌아왔다. 너무 많이 자는 문제가 있긴 했지만 잠도 잘 잤다. 그러자 그즈음, 새로운 고민이 시작되었다. 도저히 해소되지 않는 의문이었다.

나는 왜 이런 병에 걸렸을까?

양극성 장애는 유전성이 강하다. 일란성 쌍둥이는 약 80퍼센트의 확률로 양극성 장애를 공유한다.* 부모 중 한 명이 양극성 장애일 때, 자녀에게서 양극성 장애 발생 확률이 일반 인구에 비하여 크게 증가한다. 그러나 가계도까지 그리며 정리해봐도, 최소한 친/외조부모와 부모님, 형제 중에는 양극성 장애나 기타 정신질환을 앓고 있는 사람이 없었다. 적어도 내가 알기로는. 물론 내가 태어나기도 전에 돌아가신 조부모님의 정신질환까지 정확히 알기는 어렵고, 당신들이 살았던 때는 정신질환에 대한 사회적 낙인이 거대하고 진단 기술이 훨씬 떨어지던 시대였다. 어쩌면 조부모님과 부모님 중에 진단을 받지 못한, 숨은 양극성 장애 환자가 있었을지도 모른다. 그러나 적어도 부모님이 조부모님에 대해서 언급할 때, 양극성 장애를 의심할 만한 이야기는 없었다. 그리고 부모님은 한 번도 의심 증상을 보인 적이 없었다. 경조증이나 우울 삽화는 커녕, 평소에도 감정 기복 없이 안정적인 분들이다.

물론 양극성 장애 가족력이 있다고 해서 반드시 양극성 장애에 걸리는 것은 아니듯, 가족 중에 양극성 장애 환자가 없

* Belmaker RH., Bipolar disorder, *The New England Journal of Medicine*, 2004; 351: 476-486.

다고 내가 양극성 장애가 아니라고 단정 지을 수는 없다. 하지만 나는 멋대로 결과를 단순하게 해석했다. 가족력이 없으니 양극성 장애일 가능성은 떨어진다고. 거봐, 내 경우를 설명하지 못하잖아. 지식화의 이면에는 나는 2형 양극성 장애가 아니라고 합리화하고 싶은 욕망이 숨어 있었다.

유전이 아니라면 다른 이유일까?

다른 정신질환과 마찬가지로, 양극성 장애 역시 유전적, 정신적, 사회적 원인이 복합적으로 작용하여 발병한다. 일단 생애 첫 이별이라는 스트레스 사건이 우울 삽화의 발병에 영향을 미친 것만큼은 확실했다. 양극성 장애 환자는 삽화가 일어나기 전 스트레스가 될 만한 사건을 더 많이, 더 자주 경험하며, 이를 트리거라고 한다. 연인과의 이별, 친구와의 갈등, 상사의 호된 꾸지람 등, 우리의 생각과 행동을 바꾸게 하는 심리적인 자극을 가리킨다. 나의 경우, D와의 이별이 우울 삽화를 유발한 트리거였다. 그렇다면 D와 헤어지지 않았으면 양극성 장애에 걸리지 않았을까? 처음부터 아예 D를 만나지 않았더라면?

질문은 꼬리에 꼬리를 물고, 원망을 낳았다. D를 생각하면 아직도 마음이 아렸다. 다시 사랑을 할 수 있을까 두려운 마음이 들기도 했다. 하지만 머릿속에서 수십 번, 수백 번 시간을 되돌려봐도 나는 D와 사랑에 빠지고 이별하는 길을 택했다. 만나고 이별하는 과정이 죽도록 고통스럽긴 했지만 분명 그 과정을 통해 나는 행복했고, 성장했다. 게다가 D와의 연애는 이미 엎질러진 물이고, 되돌릴 수 없다. 그렇게 잔인한 방식으로 떠난 D가 원망스러웠지만, 더 이상 내가 어쩔 수 있는 건 없었다.

무엇보다 D와의 만남은 그저 불을 지핀 성냥개비에 불과하다는 느낌을 스스로도 지울 수가 없었다. 이별과 그의 바람이 불씨가 되긴 했지만 그토록 파괴적으로 타오른 불길을 설명하기엔 역부족이었다. 어렴풋이 느끼기에도, D의 말 한마디, 행동 하나하나에 내가 보였던 지나치게 예민한 반응과 집착은 그의 잘못이 아니었다. 그건 부인할 수 없는 내 문제였다.

그렇다면 내 성격이 문제인 걸까? 어릴 때부터 예민한 성격이 마음에 걸렸다. 어쩌면 우울하기 쉬운 체질, 멜랑콜리*

* 멜랑콜리는 기원전 4세기에 만들어진 용어로 알 수 없는 우울함이나 슬픔, 애수, 침울함 등의 감정을 의미한다. 의학의 아버지 히포크라테스는 사체액설을 주창했다. 그는 인체가 혈액, 담즙, 점액, 흑담즙으로 이루어졌다고 생각했다. 흑담즙이 과도하게 나오면 슬프고 불행한 감정을 느낀다고 주장하였고, 결과적으로 멜랑콜리는 우울이라는 의미를 갖게 되었다.

를 타고난 걸지도 몰라. 그래, 나는 우울한 기질을 타고났다. 태어날 때부터 멜랑콜리한 사람이다. 그래서 자주 우울을 느꼈나 보다. 하지만 그럼 우울증에 걸렸어야지 왜 양극성 장애에 걸린 걸까? 정말 우울증이 잘 생기는 성격이 따로 있을까? 또 열심히 교과서와 논문을 뒤졌다. 과거부터 지금까지 수없이 많은 연구가 이뤄졌지만 이미 대부분의 연구가 특정 성격과 우울증의 인과관계를 밝히는 것에 실패했다. 기나긴 연구 결과, 전문가들은 우울증을 누구에게나 생길 수 있는 정신질환으로 결론 내렸다. 누구든 예상치 못한 일로 우울증을 겪을 수 있다. 우울증은 타고나는 게 아니며, 우울증이 잘 생기는 성격도 없다. 같은 맥락에서 양극성 장애가 잘 생기는 성격도 없다.

청소년기를 되돌아보면, 유독 자주 우울하긴 했다. 고등학생 땐 몇 달에 한 번씩 깊은 밤에 이불을 뒤집어쓰고 울었다. 잠든 가족들을 깨울까 봐, 소리가 새어 나가지 않도록 입술을 깨물었지만 울음이 쏟아져 나왔다. 왜 우는지도 몰랐다. 그저 우울했고 슬펐다. 생리 주기와 연관이 있지도 않았고 기억에 남을 만한 사건이 있었던 것도 아니었다.

지금 와서 그 시절을 되돌아보면, 나는 2형 양극성 장애의 잦은 우울 삽화를 겪었던 것 같다. 그러나 그 시절 나는 우울증도, 하물며 양극성 장애라는 병에 대해서도 몰랐다. 자존심 강한 성격 탓에 가족을 비롯한 주변 사람들에게 우울감이나 자살 사고에 대해서 알리지 않고 철저히 숨겼기에, 도움을 구하거나 치료를 받는다는 건 생각조차 하지 못했다.

버텨야 해. 이겨내야 해. 지나갈 거야.

우울에 시달릴 때마다 스스로를 달랬다. 채찍질했다는 표현이 더 적합할지도 모르겠다. 목에 쇠줄을 감아 질질 끌고 가는 기분이었으니까. 억지로 아무렇지 않은 척 버티면 가끔 괜찮은 날도 있었다. 아무 이유 없이 찾아온 우울은 아무 이유 없이 사라지기도 했다. 아주 가끔은 웬일이지 싶을 만큼 기분이 들뜨기도 했다. 그런 날들은 결코 길게 지속되진 않았지만, 그럴 때면 나는 나 자신이 한없이 자랑스러웠다. 거봐, 역시 이겨낼 수 있다니까. 어쩌면 늘 우울했다는 생각도 과거 회상의 오류일지 모른다. 본디 우울하면 과거 행복했던 기억보다는 우울했던 일만 강조해서 기억하니까.

부모님의 양육 방식이 문제였을지도 몰라. 여기엔 선뜻 '예', '아니요'라고 답할 수가 없었다. 교과서나 논문에는 어린 시절의 가정환경이 양극성 장애의 발병에 영향을 준다고 짧게 언급되어 있을 뿐, 구체적으로 어떤 부모가 어떤 식의 영향을 미치는지에 대해서는 서술이 부족했다. 첫 우울 삽화를 진단받을 당시, 나는 우울 외에도 엄마와의 애착 문제, 낮은 자존감 때문에 괴로워하고 있었다. 물론 그때는 스스로 문제를 인식조차 못했지만. 사회적 지지의 결핍은 장기적인 스트레스로 작용하기에 정신질환 분야에서 매우 중요하다. 실제로 양극성 장애 환자들은 부모나 배우자, 가족, 그리고 친구 같은 다양한 사회적 관계에서 결핍을 보인다. 나의 경우, 결핍의 대상은 엄마였다. 그럼 엄마가 나를 충분히 사랑해주지 않아서 양극성 장애에 걸린 걸까?

아니요. 이 질문에는 확실하게 대답할 수 있었다. 엄마와 애착 형성의 문제가 있었던 것은 사실이지만, 나의 부모님은 전반적으로 좋은 부모였다. 주변 친구의 사례나 우울증 환자의 수기에 등장하는 여느 부모처럼 폭언이나 폭력을 휘두르지도 않았고, 넉넉하지 못한 형편에 먹고 싶은 것이나 사고 싶은 것을 전부 사주진 못했지만 그래도 부족함 없이 키우려 최선을 다했다. 다만 공감과 지지에 능숙하진 않았다. 대학 진학이나 전공 선택, 졸업 후 진로, 연애나 결혼 등에 본인들의 가치관을 지나치게 강요하고 통제하려는 경향이 있긴 했고, 내가 원하는 바를 관철시키기 위해 부모님을 설득하려면 지난한 과정이 필요했다. 그러나 열과 성의를 다해 삼 남매를 키웠고, 결과적으로 늘 나를 지지해주었다. 100점짜리 부모는 아니었을지언정 80점은 충분히 넘는 부모였다.

유전도 아니요, 트리거도 아니요, 성격도 아니요, 부모님의 문제도 아니면 도대체 뭘까. 살면서 사고를 당하거나 학교 폭력 등을 겪은 적도 없었다. 남들보다 정신적으로 취약해질 만한 사건이나 트라우마가 없었다. 인생은 별다른 드라마 없이 평탄한 편이었다. 이 정도 환경에서 우리 부모님 정도를 만나 자랐으면 딱히 우울할 일이 없을 것 같은데 나는 도대체 왜 우울한 걸까.

이쯤 되자 나는 처음 던졌던 질문조차 잊어버린 채 사고의 미로에 갇혀버렸다. 질문은 꼬리에 꼬리를 물었고 급기야 다음과 같은 결론에 도달했다.

나는 우울할 자격이 있을까?

상담사는 약물 치료와 함께 상담 치료를 권했고, 특히 정신분석을 권했다. 양극성 장애의 치료에 자주 사용되는 기법은 아니나, 신입생 때부터 꾸준히 상담실에 찾아오면서도 털어놓지 못한, 수면 밑에 있는 빙산(의식하지 못하고 있는 마음, 무의식)에 대해서 알아가는 과정이 도움이 될 것이라고 판단한 것이다. 나는 선뜻 제안을 받아들였다. 혼자 연구해서는 원인을 찾지 못했지만, 나라는 사람을 자세히 들여다보면 왜 양극성 장애에 걸렸는지 알 수 있겠지.

그 시절엔 2형 양극성 장애의 원인과 발생 기전에 대해 자세히 알고 싶은 예비의사의 지적 호기심이라고 포장했지만, 사실은 양극성 장애를 이겨내겠다, 극복하겠다, 털어버리겠다는 의지로 시작한 '작업'이었다. 나는 아주 단순하게 병에 걸린 원인이 있다면, 그 원인을 제거하면 병도 낫는다고 생각했다. 그래서 비장한 마음으로 정신분석을 받기로 했다. 원인이 무엇이든, 마음속에 얼마나 거대한 빙산이 있든, 그걸 알아내고, 녹여버리겠다는 의지에 불타올랐다.

나는 결코 내 상태를, 병을 인정할 수 없었던 것이다.

자존감

정신분석을 받다

어릴 때부터 자존감이 낮았다. 있는 그대로의 나를 사랑하고 존중하는 감정, 처음엔 그게 뭔지도 몰랐다. 20대 초반 D를 만나 사랑에 빠지고, 이별에 한껏 데이고, 상담과 정신분석을 받으면서 비로소 자존감이 무엇이며 왜 중요한지에 대해서 깨달았으니까. 그땐 지금처럼 SNS가 활성화되지도 않았고, 자존감이라는 단어가 유행하기 한참 전이었다.

낮은 자존감의 형성엔 다양한 이유가 있겠지만 나의 경우 형제 관계가 중요한 원인 중 하나였다. 나는 딸-딸-늦둥이 아들 중 차녀, 이른바 '샌드위치 둘째'로 태어났다. 부모님은 찢어지게 가난한 집안에서 자수성가한 베이비부머였고, 완벽한 '그 시절' 사람들이었다. 첫째는 집안의 기둥이며, 그래도 아들 하나는 있어야 했다. 언니나 남동생에 비하면 출생부터 의미도, 기대도 부여받지 못한 존재, 그게 바로 나였다.

오스트리아의 정신의학자 알프레드 아들러는 가족 구조와 출생 순서가 성격에 중대한 영향을 미친다고 주장했다. 아들러는 본인이 병약한 둘째로 태어나 형과 사이가 좋지 않았던 탓에 출생 순서와 성격 간 관계에 관심이 많았다. 그의 주장에 따르면, 유아기의 가족 구조와 출생 순서는 성격 형성에 큰 영향을 미친다. 이후 수많은 연구에 의해 출생 순서와 성격은 별다른 상관관계가 없다는 것이 밝혀졌지만, 나는 출생 순서가 적어도 자존감에는 영향을 미치지 않나, 가끔 생각한다.

좋은 대학에 진학하고 안정적인 직업을 갖는 것이 가난을 벗어나는 방법이자, 유일한 신분 상승의 기회라 믿었던 부모님이 아이를 기를 때 최우선으로 두었던 가치는 바로 성적이었다. 부모님은 언니와 나, 남동생의 적성에는 큰 관심이 없었고, 무조건 공부를 열심히 하는, 아니, 잘하는 아이로 크길 바랐다. 내가 어릴 땐 뼈 빠지게 일해도 대출 이자를 갚는 것조차 빠듯한 형편이었으니, 공부 말고 다른 적성이 있어도 딱히 지원해줄 수 없는 환경이기도 했다.

부모님은 언니가 초등학교에 들어가기 전부터 없는 살림에 학습지를 구독하고 선행 학습을 시켰다. 그러나 기대에 비해서 언니는 공부를 잘하지 못했다. (미리 이야기해두지만 언니는 우리나라 최고의 명문대 중 한 곳을 졸업했다. 결코 언니가 공부를 못한 게 아니라, 어릴 때부터 부모님의 기대가 비현실적으로 높았던 것이다.) 초등학교 입학 후 첫 시험에서 13개를 틀렸다고 엄마가 언니에게 고함을 지르며 회초리를 들었던 것이 아직도 기억난다. 오죽 화를 냈으면 삼십 년이 지났는데 당사자도 아닌 내가 몇 문제를 틀렸는지 기억하고 있을까. 겨우 초등학교 1학년 때 그깟 시험 문제 좀 틀릴 수도 있지 엄마는 왜 그렇게까지 화를 냈을까 싶지만, '무조건 첫째가 잘해야 집안이 바로 선다'는 유교적인 관념을 가지고 있던 부모님으로서는 자연스러운 반응이었다. 언니는 울고, 엄마는 세상이 무너진 것처럼 한숨을 내쉬었다. 불똥이라도 튈까 봐 구석에 숨어 그 장면을 보면서, 나는 아래와 같은 결론을 도출해냈다.

부모님은 우리가 공부를 잘하길 간절히 원한다. 그러므로 내가 공부를 잘하면 부모님은 나에게 관심을 더 쏟을 것이다.

그 무렵 나는 부모님의 관심에 목말라 있었다. 언니와 눈만 마주치면 싸우던 시절이었고 언니는 엄마 몰래 약 올리는 데는 선수였다. 레퍼토리는 항상 비슷했다. 짧게 들린 나의 코를 돼지코라고 놀리거나, 본인만이 부모님의 친딸이며 나를 다리 밑에서 주워오는 것을 봤다고 주장하거나. 지금 돌이켜보면 유치하기 그지없는 장난이었지만, 여섯 살 아이와 여덟 살 아이의 어휘력은 감히 비교할 바가 아니었다. 말로는 언니를 이길 수 없었던 나는 언니를 깨물거나 할퀴는 등 폭력을 휘둘렀고, 엄마는 매번 언니 편을 들었다. 놀림보다는 폭력이 더 심각한 문제라고 생각했던 것이다. (물론 사실이기는 하지만 내가 왜 그 지경까지 언니를 때렸는지 원인을 좀 살펴봐주었으면 좋았을걸.) 결과적으로 나는 엄마는 언니만 사랑한다는 잘못된 생각에 사로잡혀 있었고, 싸움과 꾸지람이 반복되면서 그런 생각은 점점 고착화되었다.

나는 어릴 때부터 머리가 좋았다. 가르쳐주는 사람 없이 네 살쯤 혼자 한글을 뗐고, 또래 아이들 사이에서 항상 우두머리 역할을 했다. 아들러에 따르면 둘째는 태어났을 때부터 형제와 관심을 나누어 가지기 때문에 항상 경쟁적인 성향을 보인다. 마치 첫째를 뛰어넘기 위해 경주를 벌이는 것처럼. 나도 그랬다. 타고난 성정이 경쟁에 능했다. 초등학교에 입학해서 처음 치른 시험에서 만점을 받았고, 이후에도 늘 반에서 1등을 놓치지 않았다. 엄마가 나를 자랑스러워하리라 생각했다.

그런데 이게 웬걸, 엄마는 칭찬에 굉장히 인색했다. 오히려 언니 앞에서 성적을 자랑하는 나에게 잘난 척하지 말라며 면박을 주기도 했다. 첫째가 잘해야 한다는 고정관념에 사로잡혀 있던 부모님은 기대에 부응하지 못하는 첫째가 실망스러우면서도, 잘난 둘째에게 주눅이 들까 봐 안쓰러워했다.

언니보다 좋은 성적이 낳은 부작용은 그뿐만이 아니었다. 우리 집은 내가 고등학교에 진학할 때까지 대출 이자를 갚느라 늘 허리띠를 조여 매고 살았기에, 사교육에 들일 수 있는 돈은 한정되어 있었다. 좀처럼 기대에 부응하지 못하는 첫째와 학원 한 번 보내지 않아도 1등 성적표를 척척 가져오는 둘째. 자연스럽게 집안의 모든 가용 자금은 언니의 사교육에 들어갔다. 엄마는 언니를 여러 학원에 보내고 과외를 시켰다. 영어 학원, 수학 학원, 논술 학원…. 자연스럽게 부모님의 모든 관심도 언니의 성적에 쏠렸다. 언니만 학원에 보내주는 부모님의 태도는 부모님이 언니를 더 사랑한다는 나의 편견을 공고하게 만들었다.

너는 혼자서도 잘하잖니. 단지 부모님의 애정을 받고 싶어서 열심히 했을 뿐인데, 성적이 좋아지면 좋아질수록 관심이 역설적으로 줄었다. 심지어 언니가 주눅 들까 봐 받아 마땅한 칭찬을 해주지 않는 것에 대해서도 묵묵히 받아들여야 했다.

90점을 맞던 언니가 100점을 맞으면 집안은 잔치 분위기였고, 내가 늘 100점을 받는 건 당연한 것이었다. 나는 어마어마한 배신감과 분노를 느꼈고, 중학생 때쯤부터는 노골적으로 불만을 표현했다.

"언니한테 쏟아부어봤자 엄마, 아빠가 원하는 성적 받아오지도 못하는데, 차라리 될 사람한테 투자하는 게 현명하지 않아?"

나는 언니 앞에서 가시 돋친 말도 서슴지 않았고, 부모님은 당연히 언니 편을 들었다. 시간이 갈수록 표출할 곳이 없는 감정을 언니에 대한 경멸과 무시로 풀었다. 언니와 사이가 나빠진 것은 더 말할 것도 없었다.

언니가 내로라하는 명문대에 입학할 때까지, 내가 기억하는 학창 시절은 늘 이런 식이었다. 대학 입학 전까지 전교 1등을 한 번도 놓친 적이 없었지만 높은 성적에도 불구하고 자존감은 바닥을 쳤다. 부모님은 한 번도 자발적으로 칭찬해주지 않았고, 내가 울고불고 불만을 표출하면 그제야 못 이기는 척 짧은 한마디를 내뱉었다. 잘했다. 시간이 한참 흐르고 나서 부모님은 혹시라도 내가 겸손하지 못한 사람으로 자랄까 봐 그랬다고 변명했으나, 덕분에 나는 오히려 인정 욕구가 과도하고 자기 홍보에 적극적인, 겸손과는 거리가 먼 성인으로 자랐다. 훈육의 효과는 미미했고, 마음의 상처는 받을 대로 받았다. 차라리 부모님이 원했던 대로 언니가 나보다 공부를 잘했더라면, 청소년기가 좀 덜 고통스러웠을지도 모른다.

남동생과의 관계도 자존감에 썩 도움이 되진 않았다. 늦둥이 남동생은 성인지 감수성이라는 단어가 존재하지도 않던 90년대 초반에 태어났다. 동생을 유모차에 태우고 외출이라도 하면, 생판 모르는 남이 다가와서 언니와 나, 남동생을 번갈아 보며 엄마에게 말을 건네곤 했다.

"축하드려요, 성공하셨네요!"

차라리 무슨 뜻인지 이해하지 못했더라면 훨씬 편했을 것을. 눈치 빠른 열 살이었던 나는 그게 어떤 의미인지 너무 잘 알아서 매번 부아가 치밀었다. 아들을 낳은 게 성공이면, 둘째 딸로 태어난 나는 실패작인가. 엄마는 왜 나를 모욕하는 저런 말을 듣고도 웃고만 있을까. 엄마의 쑥스러운 미소가 꼴도 보기 싫었다.

부모님도, 조부모님도 내심 아들을 바랐다. 할아버지는 엄마가 끝내 아들을 낳지 못하면 아빠에게 첩을 들여서라도 아들을 보려 했다며 농담 아닌 농담을 하곤 했다. 내가 태어난 뒤 아들이 아니라 실망했던 아빠는 병원에서 강소주를 마셨단다. 나는 4킬로그램이 넘는 우량아로 태어났는데, 외할머니가 내 발을 어루만지며 '덩치는 장군감인데 하나 달고 나오지 왜 그냥 나왔누' 하고 내내 아쉬워하셨다고 했다. 엄마는 동생을 임신했을 때 용한 한의원에 가서 아기 성별을 아들로 바꿔주는 한약을 지어 먹었단다. 내가 아들이었다면 굳이 남동생을 낳지 않았을 거라고 했다. 엄마가 마치 영웅담처럼 늘어놓는 이런 이야기들을 들을 때마다 매번 존재를 부정당하는 기분이었다.

아무도 원하지 않는 둘째 딸. 잘못 타고난 성별. 실패작.

조부모님은 돌아가셨고, 부모님은 나의 분노를 이해하지 못했다. 고등학교 시절 남 부끄러운 줄 알라며 뾰족하게 쏘아붙였을 때, 엄마는 웃자고 한 얘기에 왜 그렇게 예민하게 반응하냐고 대꾸했다.

가부장적이고 남존여비 사상을 가지고 있던 조부모님은 대놓고 남동생과 우리 자매를 차별하곤 했다. 집안엔 역시 아들이 하나 있어야 한다. 아들이 잘되어야 집안이 똑바로 선다. 계집애들이 장남 기죽이지 마라. 요즘 세상엔 경악을 금치 못할 말을 입버릇처럼 내뱉었다. 일 년에 두세 번, 명절, 제사 때나 보는 조부모님에게 정이 있을 리 만무했고, 만나면 듣기 싫은 말만 하니 조부모님에 대한 애정이 전혀 없었다.

어릴 적 겪은 조부모님의 이런 언행은 노인에 대해 부정적인 선입견을 갖게 만들었다. 꽉 막힌 사고방식에 남을 배려하지 않으며 성차별적인 세대.

언니가 받은 관심이 부러워서 언니를 질투했던 것처럼, 나는 남동생도 질투했다. (아, 오해하지 말았으면 한다. 지금은 삼남매 사이가 더할 나위 없이 좋고, 나는 언니와 남동생을 사랑한다.) 내가 어찌할 수 없는, 성별이라는 단 하나의 요인 덕분에 탄생부터 찬사를 받는 존재. 공교롭게도 남동생이 태어났을 때쯤 우리 가족의 형편도 조금씩 나아지기 시작했고, 예전처럼 허리띠를 졸라매고 살 필요가 없었다. 가끔 외식도 했고, 생일이나 크리스마스에 받는 선물도 가격대가 높아졌다. 가족끼리 주말에 여행을 가기도 했고, 부모님도 조금씩 취미 생활을 즐겼다. 당연히 남동생은 언니나 내가 어릴 때보다 훨씬 풍족한 유년 생활을 보냈다. 물질적 풍요와 그로부터 자연스럽게 따라오는 부모님의 정서적 여유, 간절히 바랐지만 누리지 못했던 애정 표현은 매번 상대적 박탈감을 불렀다.

머리로는 부모님을 이해할 수 있지만 마음으로는 용서하고 싶지 않았다. 그러면서도 머리로는 이해했기에 마음껏 미워할 수도 없었다. 칭찬에는 인색했지만 부모로서 나에게 베

풀어준 은혜를 생각하면 미워하는 마음은커녕 감히 불만을 품는 것도 고약하게 느껴졌다. 언니나 남동생은 문제가 없는데 너만 왜 그러니. 늘 교묘하게 내 책임으로 미루는 엄마의 말도, 아빠의 무관심도 전혀 도움이 되지 않았다.

부모님을 사랑하자. 감사하자. 존경하자. 사랑해야지, 감사해야지, 존경해야지.

반발하고 싶을 때마다 내 목소리를 억눌렀다. 아무에게도 표출하지 못한 분노는 결국 나에게 향했다. 감사할 줄 모르는, 예민하고 철없는, 과거에 집착하는 나. 나는 내가 싫었다. 스스로가 혐오스러웠다. 그리고 오랜 혐오는 습관이 되어 자존감 하락을 불렀다. 아니, 애초에 낮아질 자존감이 아예 존재하지 않았을 수도.

엄마

누구나 마음속에 어린아이가 있다

엄마와의 관계는 어땠나요.

정신분석을 꾸준히 받으며 엄마와의 애착 문제나 낮은 자존감 등이 수면 위로 드러났다. 스스로도 어느 정도 인정할 수 있게 되었을 즈음, 상담사가 나에게 물었다. 드디어 올 게 왔구나, 생각했다. 언젠가 직면해야 한다는 건 알았지만 그게 오늘일 줄이야.

쉽게 말을 잇지 못하고 머뭇거렸다. 엄마와의 관계라, 한 줄로 요약하기는 참 어려웠다. 누구나 그렇겠지만 엄마에 대한 양가감정을 설명하기가 쉽지 않았다. 나는 엄마를 사랑하는 동시에 증오했으며, 존경하면서 한편으로는 경멸했다. 부모님, 특히 주 양육자였던 엄마의 사랑을 간절하게 갈구하면서도 어엿한 성인이 된 지금 아직도 엄마의 사랑을 원하는 자신이 유치하고 미성숙하게 느껴졌다.

"어떤 분인지부터 이야기해보세요."

내가 좀처럼 말을 잇지 못하고 주저하자 상담사는 제안했다. 엄마는 어떤 사람인가. 이것도 깊이 고민해본 적 없는 질문이었다. 엄마와의 관계에 대해서 이야기하는 것보다는 쉬웠지만 꺼려지는 건 역시 마찬가지였다. 배경이나 성격에 대해서 묘사하는 과정에서 엄마에 대한 나의 감정이 적나라하게 드러날까 봐 두려웠다. 저절로 미간이 찌푸려졌다.

"어디서부터 이야기해야 하죠?"

"상관없어요. 기억나는 순간부터 시작해봐요."

전 198X년에 서울에서 태어났어요. 1남 2녀 중 차녀고, 언니랑 남동생이 있어요. 부모님은 전형적인 베이비부머 세대였어요. 두 분 모두 양가의 수많은 자식 중 한 명이었고, 자식들 입에 삼시 세끼 먹을 걸 넣어주는 게 부모로서 최우선 임무이자 사랑의 징표로 여겨지던 세월을 겪으며 자랐어요. 대학에 진학할 때까지 늘 끼니를 걱정했다고 들었고, 아빠는 조부모님이 농사를 지어 어렵사리 마련해준 배움의 기회를 놓치지 않으려고 누구보다 열심히 공부하셨대요. 그 시절엔 대학을 졸업하고 서울에 직장을 얻는 것이 최고의 출세이자 효도, 그리고 인생의 목표였고요.

부모님 두 분 다 자수성가하셨나 보군요.

네, 친가나 외가나 조부모님들은 재산으로는 딱히 내세울 것이 없는 분들이라서, 부모님이 결혼할 때 예물이라곤 얇은 금가락지 한 쌍이 전부였대요. 엄마한테 이 이야기는 귀에 닳도록 들었어요. 결혼한 뒤에는 아빠의 직장 때문에 서울에 올라왔고, 단칸방을 전전했다고 했어요. 두 분 다 정말 열심히 사셨어요. 단칸방에서 시작했지만, 제가 태어났을 때쯤 서울 외곽에 이십 평 남짓한 전세도 얻었거든요.

와, 진짜 대단하시네요. 어떻게 그렇게 하셨대요?

당신들이 겪었던 가난을 우리 삼 남매에게 물려주고 싶지 않으셨대요. 적어도 당신들보다 더 많은 배움의 기회를 주고 싶어서 악착같이 사셨다고 하셨죠. 법 없이도 사실 분들이에요. 열심히 일했고, 착실하게 저축했고, 남의 것을 탐내지 않고 청렴한 분들이죠. 주어진 것에 감사할 줄 알고, 다른 사람이나 환경을 탓하기보다 스스로 노력하는 것이 중요하다고 생각하세요. 사실 전 이제는 저희 집이 중산층이라고 생각하거든요? 그런데도 부모님은 변함이 없어요. 아직도 두 분이

천 원 한 장 허투루 쓰는 법을 본 적이 없을 정도예요. 두 분이 같이 영화 한 편 보러 가신 적이 없어요. TV로 주말의 명화를 보면 공짜인데 뭐 하러 영화관에 돈을 쓰냐 하시죠. 지금 생각하면 어떻게 그렇게 검소하게 사셨나 싶어요.

그랬구나, 자식들에게는 어떠세요?

굉장히 엄격하셨어요. 일단 칭찬에 진짜 인색하셨어요. 가끔은 칭찬의 '칭'자도 모르는 게 아닐까 싶을 정도로. 반면에 사소한 일에도 과하게 나무라셨어요. 특히 엄마가요. 밥 먹을 때 내가 마시려고 물을 한 컵만 떠오면, '이기적이고 남을 배려할 줄 모른다'고 한참을 혼났어요.

저런, 그럴 땐 마음이 어땠어요?

이쯤에서 나는 잠시 말을 멈췄다. 내 마음이 어땠더라. 분명히 가슴속 깊은 곳에서부터 차오르는 서러움과 억울함을 느꼈다. 이십 대 초반의 나는 스스로가 느끼는 부정적인 감정을 제대로 바라볼 줄도 몰랐다. 화가 난다, 자존심이 상한다, 서운하다 등의 감정은 인간이라면 누구나 수시로 느낄 만한 감정이건만, 나는 그런 감정을 밖으로 드러내거나, 말로 표현하는 것을 어려워했다. 정신분석을 통해 그런 감정을 인정하고 표출하는 법을 배워가는 중이었다. 대답하기 전에 마른침을 한 번 삼켰다.

서러웠어요. 우리 엄마는 나를 사랑하긴 하나 싶었죠.

그랬구나. 정말 그랬겠어요.

네. 심했어요, 진짜.

부모님은 두 분 다 완벽주의자였고, 과정도 물론 완벽해야 했지만 그보다 결과를 보고 평가하는 편이었다. 내 잘못이 아니어도 결과가 부정적이면 꾸지람을 들었다. 넘어져서 무릎이 까져도 왜 그렇게 조심성이 없냐며 혼이 났고, 친구가 괴롭혀서 울고 있어도 친구와 사이좋게 지내지 않는다며 혼이 났다. 어렸을 땐 속상한 마음을 털어놓거나 억울함을 호소해 봤지만, 그럴수록 돌아오는 꾸지람만 더 커졌다. 어린애도 아니고 뭘 그까짓 일로 징징거려. 혹은 뭘 잘했다고 울어.

두 분 다 경상도 출신으로 무뚝뚝하고 애정 표현에 서툴렀고, 잔소리와 훈계가 관심의 표현이라고 믿었다. 사춘기에 접어들고부터 나와 언니는 학교에서 벌어진 사건이나 친구들과 있었던 일을 부모님에게 점점 말하지 않게 되었다. 기분이 상하는 일일수록 숨겼다. 부모님 기대대로 좋은 성적을 받자고 열심히 공부하기도 벅찬데 잔소리까지 듣고 싶진 않았다. 어느 순간부터 가족 간의 대화는 급격히 줄어들었다. 두 명의 완벽주의자 밑에서 나는 자기 검열이 심한 완벽주의자로 성

장했다. 어쩌면 콩 심은 데 콩 나고 팥 심은 데 팥 나는 자연스러운 결과다.

그래도 이렇게 잘 자랐으니 부모님이 정말 자랑스러워하셨겠어요.

네, 지금은요. 그런데 저 의대 가고 싶다고 했을 때 정작 엄마는 반대하셨어요.

그래요? 왜요?

저더러 이기적이라고 하셨어요. 의대 학비 비싼데 저만 생각한다고….

정말요?

네. 그거 가지고 일 년을 싸웠어요. 보내달라, 안 된다. 보내달라, 안 된다.

고등학교 2학년쯤 진로를 결정할 때 나는 의과대학을 골랐다. 수학과 생물학을 좋아했고, 당시엔 생물과학 분야의 연구자가 되고 싶었다. 진로 상담 때, 그런 목적이라면 차라리 의과대학을 진학하는 편이 연구 결과를 현실화하기 더 좋을 거라는 조언을 들었다. 그때부터 아주 자연스럽게 의대 진학을 목표로 하게 되었다. 성적으로도 합격할 자신이 있었다. 담임선생님도, 주변 친구들도 내가 의대를 지원하는 것을 당연하게 여겼다. 공교롭게도 수년 전부터 의과대학 지원 열풍이 불었다. 경쟁률은 크게 올랐고, 의대에 합격하면 집안의 자랑처럼 여겨졌다. 그래서 의대에 지원하겠다고 말하면 부모님도 기뻐하실 거라 막연히 생각했던 것 같다.

그런데 웬걸, 의대를 지원하고 싶은 이유를 설명하기도 전에 엄마가 단칼에 내 말을 잘랐다. 안 돼. 싸늘한 엄마의 말투가 당황스러웠다. 혹시 의대를 지원했다가 떨어지면 내가 상심할까 봐 말리는 것 같아 일부러 명랑하게 말을 이었다.

"엄마, 괜찮아. 담임 선생님이 내 성적이면 충분히…."

"안 돼. 의대 학비가 얼마나 비싼 줄 알아? 넌 어쩜 그렇게 이기적이니? 끝까지 지밖에 몰라."

"엄마!"

"교대 가서 선생이나 하던지. 여자애가 의대는 무슨 의대. 안 돼."

생각지도 못한 반응에 나는 말을 잃었다. 십수 년이 지났는데도 경멸하듯 바라보던 엄마의 차가운 눈빛이 잊히지 않는다.

그랬구나. 많이 속상했겠다.

네.

그런데 엄마는 왜 그랬을까요.

…저도 모르겠어요.

…조울씨, 엄마의 어린 시절 이야기를 들은 적이 있나요?

엄마의 어린 시절이요?

네, 궁금하지 않아요?

엄마의 어린 시절이라. 그러고 보니 귀에 딱지가 앉도록 들은 이야기가 있었다. 엄마는 칠 남매 중 넷째 딸로 태어났다. 딸 넷 중에 엄마가 가장 예쁘게 생겼다며 외할아버지가 그렇게 예뻐했다고 했다. 다른 형제들이 질투할 정도로. 내가 태어나기 전 돌아가신 외할아버지는 그 시절 인물 답지 않게 가정적이셔서, 늘 딸을 무릎 위에 앉혀서 밥을 떠먹여주셨다고 했다. 엄마를 자전거 뒤에 태우고 동네를 돌며 이웃들에게 당신의 딸이 얼마나 예쁘냐고 자랑하셨고, 국민학교에서 운동회를 하면 외할머니 대신 외할아버지가 도시락을 들고 먼 곳에서 엄마를 향해 손을 흔드셨단다.

외할아버지와의 추억을 떠올리면 엄마는 항상 이 이야기를 했다. 나중엔 내가 레퍼토리를 외울 정도로. 먼 곳을 바라보는 엄마의 얼굴에 어린아이 같은 천진난만함이 떠올랐다. 좀처럼 간지러운 이야기를 하지도 않고, 감정 표출을 쑥스러워하는 엄마였지만, 외할아버지 이야기를 할 때면 입가에 은은한 미소가 감돌았다.

행복이 오래가진 않았다. 엄마가 태어났을 때 외갓집은 과수원을 크게 하면서 제법 풍족하게 살았지만, 외할머니가 빚보증을 잘못 서면서 사업을 접어야 했다. 성정이 순하고 여렸던 외할아버지는 남에게 갚을 수 없는 큰 빚을 졌다는 사실을 견디지 못할 만큼 괴로워했고, 술로 마음의 고통을 달랬다. 오래지 않아 (추측건대) 알코올성 간경화로 외할아버지가 세상을 떠나고, 가세는 더욱 기울었다. 외할머니는 졸지에 칠 남매를 책임져야 하는 가장이 되었고, 집안의 자랑이었던 큰 외삼촌은 대학 진학을 포기하고 공무원이 되어 외할머니와 함께 동생들 뒷바라지를 했다. 그 무렵부터 엄마는 학교를 그만두고 공장에서 돈이나 벌어오라는 압력을 받았다고 했다. 그때 엄마는 고작 열세 살이었다.

저런, 많이 힘드셨겠어요.

네. 지금 생각하면 엄마가 진짜 어렸을 때 외할아버지가 돌아가셨네요.

그 얘기하실 때 엄마 표정 기억나요?

…무감각해 보였어요. 꼭 남의 얘기하듯이.

조울씨랑 비슷하네요?

그러게요.

학교를 그만두라는 외할머니의 구박이 심해질수록 엄마는 공부에 매달렸다. 낮에는 일을 하고 밤에는 야간 대학을 다니면서 공부했고, 몸과 마음이 지쳐 있었을 때 아빠를 만났다. 아빠의 열렬한 애정 공세에 엄마는 못 이기는 척 결혼을 수락했고, 대학을 중퇴했다. 그때는 너무 지쳐서 공부고 뭐고 하고 싶지 않더라고 종종 씁쓸하게 말하곤 했다. 그리고 대졸이 아닌 학력이 엄마에게는 평생의 콤플렉스였다. 언젠가 엄마가 동네 아주머니들과 수다를 떠는 와중에 당신을 대졸이라고 소개했는데, 지나가던 언니가 대수롭지 않게 '엄마 대학 중퇴했잖아?'라고 이야기한 적이 있다. 모임이 끝나고 엄마가 언니한테 어찌나 불같이 화를 냈는지 아직도 생생하게 기억이 날 정도다.

그러고 보니 생각이 나네요. 엄마는 학교를 그만두라는 외할머니가 정말 미웠대요. 엄마는 똑똑해서 중학교 때 전교 1등을 할 정도로 머리가 좋았는데, 외할머니 때문에 인문계 고등학교는 꿈도 못 꾸고 자진해서 실업계 고등학교에 갔다고 했어요. 고등학교 3학년 때는 담임이 집까지 찾아와서 대학 진학을 권유했는데 외할머니가 한사코 반대해서 꿈을 접어야 했고요.

그랬구나, 그때 엄마 마음이 어땠을까요?

속상했겠죠. 이제 겨우 고3이었는데. 특히나 어린 시절 유복했고 외할아버지가 그렇게 예뻐하셨으면 상대적으로 더 비참했을 것 같아요.

덤덤하게 상담사와 이야기를 이어나가다 보니 문득 그런 의문이 들었다. 의대를 가겠다는 내가 엄마의 유년시절 모습과 겹쳐 보였던 건 아닐까. 남편을 일찍 보내고 머리가 하얗게 세도록 일하는 어머니와 대학 진학을 포기한 큰 오빠. 어려운 형편에 줄줄이 딸린 어린 동생들. 어쩌면 대학을 진학하고 싶다는 마음을 먹고 엄마 스스로도 이기적이라고 자책했을지 모른다. 엄마는 대학에 정말 진학하고 싶었지만 당신의 어머니한테도, 나머지 가족들에게도 축복받지 못했던, 서러웠던 유년 시절을 보내야만 했다. 그런 당신과는 다르게 원하는 대로 대학을 갈 수 있는 환경을 갖춘 둘째 딸, 심지어 모두가 이 아이가 대학에, 원하는 과에 합격하길 진심으로 빌어주고 있다. 어쩌면 엄마도 모르게 나를 본인의 어린 시절과 동일시하면서 자기와 다른 길을 걷는 나를 질투하거나 미워하는 마음이 들었을지도 모른다. 난 안 그랬는데, 아니, 못 그랬는데 너는 도대체 왜 그러니.

사실 내가 고등학교 3학년 때 우리 집은 엄마 말대로 그렇게 가난한 편도 아니었다. 오히려 자수성가한 중산층에 가까웠다. 빚도 없었고 강남에 부모님 명의의 아파트도 있었다. 아빠는 이십 년 이상 일한 회사에서 임원직으로 승진을 앞두고 있었다. 게다가 아빠의 회사에서는 자녀들의 대학 등록금을 전액 지원했다. 아빠가 어느 날 갑자기 회사를 그만두지만 않는다면 모를까, 학비를 걱정할 필요가 없었다. 언니는 수도권에 있는 사립대를 갔고, 심지어 당시 내가 염두했던 국립 의대의 학비는 언니와 비슷한 수준이었다. 그런데도 정말 그렇게까지 학비가 걱정된다면 가서 열심히 공부해서 장학금을 받겠다고 했다. 소용없었다. 대학 진학에 대해 상의할 때마다 엄마는 마치 '분노 발작 버튼'이 눌린 것처럼 화를 냈다. 차마 말을 걸기가 어려울 정도로.

넌 정말 이기적이야. 뼈 빠지게 일하는 아빠한테 부담을 주고 싶니? 아빠 회사 언제 그만둘 줄 알고. 그리고 너만 대학 졸업하면 끝이야? 그다음은 어쩔 거야. 언니 시집보낼 비용이나 늦둥이 남동생 대학 등록금은 생각도 안 하지. 넌 누굴 닮아서 그러니. 정말 지독하게 너 자신밖에 모르는구나. 아무리 울고 불고 난리를 쳐도 엄마는 확고했다. 언니가 물리학을 전공하겠다고 했을 때, 엄마는 반대하지 않았다. 기초과학은 졸업 후 취업이 어려울 수 있다는 언니의 담임 선생님 의견에도 원하는 공부를 시켜주고 싶다며 지지했다. 그런데 왜 나에게만 이렇게까지 반대하는 걸까. 이보다 더 엄마가 날 언니나 남동생만큼 사랑하지 않는다는 확실한 증거가 있을까. 엄마의 히스테릭한 반응이 도무지 이해가 되지 않았다.

훗날 엄마는 아빠의 진심 어린 설득으로 마음을 바꿨고, 그 후론 누구보다 열렬하게 나의 대학 진학을 지지했다. 의과대학에 합격했을 때 가장 기뻐했던 것도 엄마였다. 원하는 성과를 이뤘다는 자부심과 그 과정에서 엄마의 헌신에 서운한 마음이 조금 잊혔던 건 사실이나 이후로 엄마에 대한 원망이 고개를 들 때면 늘 비상식적이다 싶을 만큼 흥분해서 몰아세우던 엄마의 모습이 떠올랐다.

"그때 왜 나 의대 가는 거 반대했었어?"

정신분석이 끝나고 시간이 꽤 흐른 뒤, 엄마에게 물어본 적이 있다. 혹시라도 엄마가 정말 나를 질투했다고, 미워했다고 말할까 봐 한참을 망설였다. 하지만 허무하게도 엄마는 본인이 반대했던 사실을 전혀 기억하지 못했다. 에이, 내가 그랬을 리가. 엄마의 말간 눈동자에 내가 비쳤다. 표정을 살펴보아도 거짓말 같지는 않았다. 그래서 끝내 엄마에게 답을 듣지는 못했다.

사실 아직도 잘 모르겠다. 정말 엄마는 나를 질투했던 걸까.

억압

벼랑 끝까지, 정신분석

한창 정신분석을 받던 때였다. 아침에 집을 나서는데 탁자 위 약봉지가 눈에 띄었다. ○○ 피부과. 나름 의과대학생이라고 가족들 건강이 신경이 쓰였는지, 약봉지를 집어 엄마에게 물었다.

"누가 어디 아파?"

순간, 엄마의 얼굴에 당혹감이 스쳐 지나갔다. 한참을 내 눈치를 보더니, 우물쭈물하며 말했다.

"아니… 네 남동생이 요즘 여드름이 많이 났잖니. 엄청 심한 거 같은데 통 병원에 가질 않길래, 내가 데리고 다녀왔지."

'뚜껑 열린다'는 기분이 이런 걸까. 순간 머리끝까지 화가 났다. 나는 아무 말 없이 약봉지를 바닥에 집어던지고 집을 나섰다. 등 뒤로 다급하게 부르는 엄마의 목소리가 들렸지만 세차게 현관문을 닫아버렸다.

공교롭게도 상담이 있는 날이었다. 무슨 일 있죠? 얼굴에 찬바람이 쌩쌩 부네. 잔뜩 찌푸린 얼굴로 상담실로 들어서자, 상담사가 놀리듯 말했다. 아침 일을 말해주자, 그녀가 되물었다.

"동생이 여드름 때문에 피부과에 갔는데, 왜 조울씨가 그렇게 화가 났어요?"

한창 외모에 관심이 많을 나이에, 나는 여드름에 시달렸다. 온 얼굴에 솟은 뾰루지를 보는 게 싫어서 거울을 뒤집어놓을 정도였다. 여드름에 좋다는 화장품을 써봐도 통 좋아지지 않았다. 피부과 진료를 보고 싶다고 말했지만 엄마는 심드렁했다. 학생이 하라는 공부는 안 하고, 무슨 외모에 그렇게 관심이 많니.

학교에 다닌 순간부터 전교 1등을 놓친 적 없는 나였는데, 하라는 공부를 안 하다니. 약속했지만 어쩌겠는가. 그때부터 한 푼 두 푼 용돈을 모았다. 얼마인지 모르지만 피부과 진료비는 비싸다고 들었다. 겨우 마련한 쌈짓돈으로 진료를 보고 온 날, 여드름 압출 치료 때문에 울긋불긋해진 내 얼굴을 보면서 엄마는 역정을 냈다. 넌 왜 쓸데없는 데 돈을 쓰니? 저녁 준비를 하면서도, 같이 식사를 하면서도, 설거지를 하면서도 엄마는 계속 혼잣말처럼 중얼거렸다. 돈 아까운지도 모르지. 학생이 학생답지도 않고 말이야. 한심해, 진짜.

"저런, 서운했겠어요."

청소년 시절 엄마와의 일화를 털어놓자 상담사가 거들었다. 네, 서운했어요. 공부를 못하는 애도 아니고, 내가 엄마한테 돈을 달라고 한 것도 아닌데.

"그런데 왜 서운했어요?"

"네?"

질문이 황당했다. 서운하니까 서운하다고 했는데 왜 서운했냐니. 홍시 맛이 나서 홍시 맛이 난다고 말한 장금이가 이해되는 순간이었다. 의아하게 상담사를 바라보자 그녀가 덧붙였다.

"용돈을 모아서 여드름 치료받고 왔는데 엄마가 화를 냈어요. 그런데 그게 왜 서운해요?"

진심으로 궁금하다는 그녀의 표정이 되려 답답했다. 아니, 그걸 왜 모르지? 어리둥절한 내 생각을 읽었는지, 상담사가 피식 웃었다.

“가만 보면 조울씨, 서운하다고 말은 하는데 전혀 안 서운한 표정인 거 알아요?”

“제가요?”

“응, 여기, 거울로 한번 봐요.”

그녀가 작은 손거울을 집어 넘겨주었다. 조언대로 손거울을 들어 얼굴을 비췄다. 그러게, 지독한 무표정이었다. 상담사가 주문했다. 엄마가 그래서 서운했어, 라고 말해봐요.

“엄마가 그래서 서운했어.”

그녀의 말이 맞았다. 거울 속 나는 전혀 서운해 보이지 않았다. 국어책을 읽듯이 시킨 문장을 말했고, 말하는 도중에 쑥스러움을 참지 못하고 웃기까지 했다. 아무리 봐도 서운한 사람의 얼굴은 아니었다.

“네, 그렇긴 하네요. 그런데 이게 왜 문제인가요?”

“다시 돌아가볼까요, 조울씨 내 질문에 대답 안 했잖아요. 왜 서운했어요?”

“….”

나 왜 서운하지. 답을 찾지 못하고 입을 다물었다. 가만히 바라보던 상담사가 다시 물었다.

“질문이 어렵나요? 그럼 오늘 아침에 있었던 일을 이야기해볼까요? 이것도 아직 대답 안 해줬어요. 동생이 여드름 때문에 피부과에 갔는데, 왜 조울씨가 그렇게 화가 났어요?"

여기까지 왔을 때, 나는 쏟아지는 질문에 내심 짜증이 났다. 내 이야기를 들어줬으면 좋겠는데, 왜 자꾸 대답하지도 못할 질문만 늘어놓는 거지. 표정에 짜증이 묻어났는지, 상담사가 차분하게 말을 이었다.

"조울씨, 교장 선생님 훈화 말씀 지겹죠? 그게 왜 지겹냐면 감정이 배제되어 있기 때문이에요. 조울씨는 여기 와서 엄마랑 이런저런 일이 있었다고 이야기는 하는데, 정작 그 과정에서 본인이 어떤 기분이었는지, 왜 그런 감정을 느꼈는지에 대해서는 철저하게 드러내지 않아요. 마치 아무런 감정이 없는 로봇 같아요. 왜 그런지 알아요? 본인의 감정을 있는 그대로 인정하지 않기 때문이에요."

상담사의 분석에 순간 화가 났다. 허를 찔린 기분, 치부를 들킨 기분에 수치심을 느꼈다. 그대로 일어나 자리를 박차고 나가고 싶었다. 하지만 심호흡을 하고 곰곰이 생각해보니 그녀의 말이 옳았다.

나는 어느 순간부터 속상한 일이 있어도 감정을 조용히 억눌렀다. 엄마와 싸워도, 친구와 말다툼을 해도, 원하는 성적을 받지 못해도, 내 기분에 대해서 좀처럼 말하지 않았다. 타인에게 설명하지 않을 뿐만 아니라, 스스로 느끼는 감정마저 외면했다. 어릴 때부터 부모님은 우는 것을 용납해주지 않았다. 원인이 무엇이든 울음을 터뜨리면 바로 혼이 났다. 뭘 잘했다고 울어. 울지 마. 남 보기 창피해. 부모님이 울고 있는 나나 동생을 안고 달래준 기억이 거의 없다. 더 이상 눈물로 감정을 표현하지 않는 나이가 되자, 부정적인 감정을 느끼면 반사적으로 수치스러웠다. 바로 고개를 세차게 저으며 생각했다.

'아니야. 그렇게 느끼지 마. 그러지 마.'

그런다고 슬픔이, 분노가 사그라들 리 만무했지만, 스스로에게 충분히 감정을 느끼고 기분이 상할 틈을 내주지 않았다. 아무도 없이 혼자일 때조차도. 자리를 털고 일어나 다른 일에 몰두했다. 숙제를 하거나, 컴퓨터 게임을 하거나, 책을 읽었다. 분을 참지 못해 씩씩거리면서, 억울해서 눈물이 나면서도 마치 남의 일인 양 눈에도 들어오지 않는 활자에 몰두하는 척했다. 그렇게 몇 시간이 지나면 내가 왜 속상했는지조차 잊어버리곤 했다. 오랜 습관이었다. 하지만 감정이 사그라들었다는 건 착각이었다. 그렇게 켜켜이 쌓인 감정은 내 안에서 나를 갉아먹었으니까. 감정을 인정하지 않으니 표출할 수도 없었고, 부정적인 감정의 화살은 결국 나 자신을 향했다. 해결되지 않은 분노, 슬픔, 좌절감은 죄책감, 수치심, 자살 사고로 거듭났다. 그리고 어느 순간부터 나는, 내가 느끼는 감정이 뭔지 구분할 수도 없게 되었다.

불편함에 안절부절못하는 나를 보면서, 상담사가 차분하게 말을 이었다.

"그때도, 오늘도 엄마랑 속상했던 일이 있었죠. 그 일을 이야기하면서 내가 느꼈던 감정과 욕구를 바라보고, 인정하고, 표현해야 해요. 누구나 마음속에 어린아이가 있어요. 울고 있는 어린아이에게 울지 말라고 말하는 건 효과가 없어요. 안아주고, 따뜻하게 달래줘야 하죠. 그리고 그 역할은 스스로가 직접 해야 해요. 있는 그대로 감정을 말해도 괜찮아요. 여기는 그러라고 있는 공간이니까."

대화가 끊겼다. 어서 해보라는 듯, 상담사가 물끄러미 나를 바라보았다. 크게 숨을 들이마셨다. 있는 그대로의 나의 감정을 바라보라. 살면서 치른 그 어떤 시험보다 더 어렵게 느껴졌다. 내 안에 자리 잡고 있는 거대한 감정의 빙산을 마주할 자신이 없었다. 입을 열었지만 말을 잇지 못하고 뻥긋거리다 다물었다. 마라톤 대회를 나가기 전, 마음을 가다듬는 선수처럼 비장하게 상담사를 바라보았다.

"자, 다시 해봅시다. 오늘 아침에 왜 그렇게 화가 났어요?

엄마한테 하는 것처럼 나한테 말해줘요."

억지로 고개를 돌려 화가 났던 나를 마주했다. 설명할 수 없는 불편함에 온몸이 뒤틀리는 것 같았다. 한참을 망설이다 눈을 질끈 감았다. 입을 열어 속사포처럼 쏟아냈다.

"엄마! 내가 여드름 걱정할 때는 학생이 공부 대신 외모에 관심 갖는다고 비난했잖아. 심지어 내 용돈 모아서 병원 갔는데도 하루 종일 뭐라 했잖아. 그때 내가 얼마나 속상했는지 알아? 그런데 동생은 왜 피부과 보내줘? 동생은 나만큼 피부에 관심도 없는데? 왜 차별해?"

말하면서도 낯간지럽다고 생각했다. 뭘 겨우 그 정도로 차별을 운운하니? 엄마가 알면, 이렇게 말할 것 같다. 마치 엄마가 앞에 앉아 핀잔을 던지는 것처럼 표정과 목소리가 생생하게 떠올랐다. 눈을 떴을 때, 부드러운 미소를 지은 채 바라보고 있는 상담사에 엄마의 얼굴이 겹쳐 보였다.

"잘했어요."

나도 모르게 꾸지람을 기대하고 있었는지, 상담사의 대답에 맥이 탁 풀렸다. 틈을 놓치지 않고 그녀가 또 질문했다.

"아까 엄마가 차별한다고 했죠. 엄마가 나랑 남동생을 차별하는데 왜 서운했어요?"

"…엄마가 남동생만큼 나를 사랑하는 것 같지 않아서요."

"그랬군요. 그럼 엄마가 어떻게 해줬으면 좋겠어요?"

상담사는 마치 '왜'라는 말밖에 할 수 없는 앵무새가 된 것 같았고, 굉장히 짜증이 났다. 나도 왜 짜증이 나는지 모르겠지만 그냥 짜증이 났다. 꾹 참고 계속 나를 탐색했다. 나는 왜 서운했을까. 나는 엄마에게 뭘 바랄까. 엄마가 내게 뭐라고 말해주길 바랐을까. 결코 쉽지 않았다. 일단 내가 느끼는 감정이 무엇인지, 원하는 게 무엇인지도 모르겠는데 끊임없이 생각하고 느끼고 인정하고 말로 표현해야 했으니까.

"엄마가 나를 더 사랑해줬으면 좋겠어요."

한참 만에 어렵게 입술을 떼고 이렇게 말했을 때, 어이없게도 목이 메었다. 창피했다. 다 큰 성인이 엄마의 사랑을 갈구하며 상담실에서 운다는 게. 황급히 눈물을 훔치는 나에게 상담사가 휴지를 건네주면서 다시 한번 물었다.

"엄마한테 어떤 말을 듣고 싶어요?"

"…그렇게 느끼게 해서 미안하다고, 그땐 엄마가 실수했지만 나도 동생만큼 사랑한다고."

"그래요, 잘했어요."

꾹꾹 숨겨온, 적나라한 욕구를 기어이 내 입으로 뱉어내고 나서야 상담사는 나를 놓아주었다. 광장에 벌거벗고 서 있는 기분이었다. 수치심, 원망과 미움, 엄마를 미워한다는 죄책감, 사랑받고 싶다는 강렬한 욕구. 감당하기 어려운 감정의 소용돌이 속에서 얼굴을 찌푸린 채 울었다. 한편으로는 후련했다. 무거운 마음의 짐을 내려놓은 듯한, 해방감을 느꼈다. 여태껏 느껴본 적 없는 새로운 감정이었다. 답답한 속이 뻥 뚫린 듯한 기분이기도 했다.

"앞으로도 이렇게 해야 돼요. 봐요, 내 감정에 솔직해도 세상 망하지 않잖아요."

한참을 울다가 겨우 감정을 추스른 나를 배웅하면서 상담사가 웃었다. 상담실을 나오면서 핸드폰을 확인했더니 엄마의 문자가 와 있었다.

딸, 미안해.

겨우 멈춘 울음이 또다시 터졌다. 상담실 문 앞에 우두커니 서서 한참을, 핸드폰을 손에 움켜쥔 채 울었다.

이후에도 상담 방식은 비슷했다. 상담사는 나에게 현재, 혹은 과거에 엄마에게 서운했던 일화를 물었고, 이야기를 듣고 난 다음이면 어떤 감정을 느꼈는지, 그 순간 엄마에게 뭘 바랐는지, 어떤 말을 듣고 싶었는지 일일이 표현하게 했다. 그 과정에서 내가 느끼는 수치심, 죄책감, 창피함, 갑갑함은 혼자 이겨내야 하는 것이었다. 가끔은 벼랑 끝에 서 있는데 상담사가 나를 몰아붙이는 기분이었다. 이런 과정을 정신분석학에서는 제반응abreaction이라고 한다. 무의식 속에 억압된 억울한 기억이나 감정을 터뜨려 표현함으로써 스트레스나 긴장을 완화하는 방법으로, 꼭 필요한 과정이면서도 몹시 고되었다. 상담을 다녀온 날에는 기운이 빠져 아무것도 할 수 없었을 정도로. 상담사는 나를 끊임없이 제반응에 노출시켰다. 마음의 빙산을 녹이는 과정, 감정의 상자를 터는 작업, 나는 그 시절을 그렇게 회고한다.

그 이후에도 아주 오랫동안

스물세 살에 시작된 정신분석은 꼬박 1년을 채우고 끝났다. 정신분석을 통해 엄마와의 애착 관계 형성 중에 파생된 문제－낮은 자존감－와 그로 인해 일상에서 내가 어떤 스트레스를 받는지 알게 되었다.

엄마가 갑자기 기적처럼 나를 더 사랑하게 되지는 않았다. 다만 엄마도 나이가 들면서 성격이 부드러워졌고, 엄격한 훈육법보다 공감과 지지를 강조하는 훈육법이 각광받으며 서툴지만 조금씩이라도 애정 표현을 더 하려고 노력했다. 세월의 흐름 외에 엄마는 큰 변화가 없었지만, 대신 내가 변했다. 정신분석이 끝났을 즈음, 엄마의 애정에 대한 갈구를, 집착을 버렸다. 의도적으로 버렸다기보다 자연스럽게 그렇게 되었다.

'나에 대해서 안다'는 것은 생각보다 큰 치유 효과가 있었다. 엄마로부터 감정적으로 독립하여 적당한 거리를 유지할 수 있었고, 자존감을 높여야겠다는 다짐을 할 수 있었으니까. 엄마를 완벽하게 이해할 순 없었지만 엄마의 유년 시절을 상상하고 엄마의 결핍이 우리 모녀에게 미치는 영향을 고려하자 엄마의 눈빛, 말투, 감정, 태도는 예전과 같은 영향력을 잃었다. 한 명의 불완전한 인간이자 여자, 엄마를 이해하면서 자연스럽게 엄마로부터 멀어졌다. 마음속에 갈구와 집착이 사라진 곳에 여유 공간이 생겼다. 아직 무엇으로 채워야 하는지까진 몰랐다.

그 사이 기분안정제와 수면제도 점차 양을 줄여서 끊었다. 우울 삽화에서 벗어나 일상으로 돌아왔다. 시간이 흐르고 의과대학을 졸업하면서, 정들었던 상담사와도 작별을 고했다. 의사 면허를 무탈히 취득하고, 병원에서 인턴 생활을 시작했다. 환경과 신분, 관계의 변화가 질병의 완치를 의미하지는 않지만, 무의식적으로 '모든 것이 잘 끝났다'는 통일성을 부여하고 싶었던 것 같다.

나는 내가 '다 좋아졌다'고 생각했다.

다시 우울하다고 느낀 건 일 년 뒤, 인턴 생활이 끝나갈 쯤이었다. 그 시절 나는 주 100시간씩 일하며, 이틀에 한 번씩 밤을 꼬박 새우는 당직을 섰다. 정신없이 바빴고, 삼시 세끼 챙겨 먹는 건 꿈도 못 꾸던 시절이었다. 인턴 수료를 앞두고 있던 12월 어느 날, 잠이 오지 않았다. 내일 당직을 서려면 오늘 반드시 잠을 자야 하는데, 자려고 누우면 심장이 두근거리고 어지러웠다. 낮에 했던 나의 말과 행동을 곱씹으며, 잘못한 게 없는지, 윗년 차 전공의나 교수님 눈밖에 난 것은 아닌지 불안해했다. 이대로 가면 원하는 과에 지원하지 못할지도 몰라. 운 좋게 합격하더라도 전공의 생활이 평탄하지 않을 것만 같아. 실체 없는 불안이 꼬리에 꼬리를 물었다.

하지만 의과대학을 졸업하면서 정신분석을 끝냈고, 양극성 장애도 '나았다'고 생각했기에, 내가 다시 병적으로 우울해하는 걸 인식하지 못했다. 그때는 그저 인턴 생활이 너무 힘들어서 '번아웃'이 온 거라고 생각했다. 우울한 상태 자체를 인식하지 못했으므로, 도움을 구할 생각도 하지 못했다. 그 이후에도 아주 오랫동안.

2장

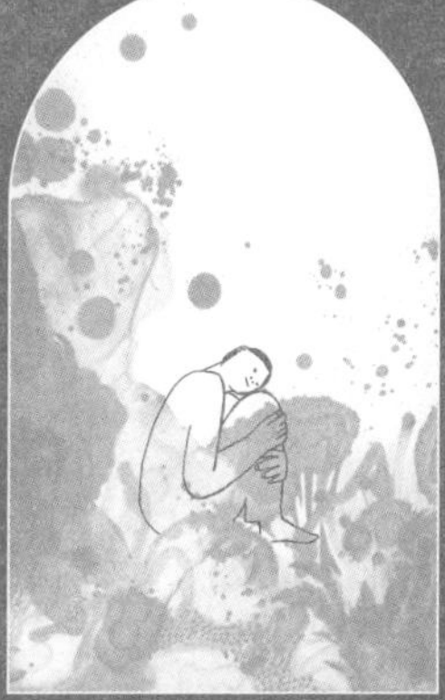

나는 내가 좋아졌다고 생각했다

연애

굴레

첫 남자친구였던 D와 고통스러운 이별을 겪은 뒤에도 나는 항상 누군가를 만났다.

사랑이 싹트는 것은 주로 경조증 시기, 내가 가장 반짝이고 활력이 넘칠 때였다. 연애의 시작은 거의 비슷했다. 평소 알고 지내던, 서로 성적인 매력을 느끼기는 하지만 진지한 관계로 발전시키려는 노력은 딱히 하지 않았던 상대와 정신을 잃을 때까지 술을 마셨다. 다음 날, 아침에 눈을 뜨면 그와 함께 침대에 누워 있었다. 상대방은 지난밤의 '사건'을 애정의 표현이라고 여기는 듯했고, 다음 날 아침부터 마치 연인처럼 다정하게 굴었다. 그렇게 어영부영 연애가 시작되었다.

상대의 기대에 미안하게도, 나에게 있어 섹스 자체는 큰 의미가 없었다. 평소 성욕이 강하지 않은 편이지만, 경조증 시기에는 유독 성욕이 강해진다. 그리고 그만큼 섹스 어필을 했다. 일단 경조증 시기의 양극성 장애 환자는 상당히 매력적이다. 그들은 유쾌한 분위기 메이커이고, 넘쳐흐르는 활기 덕에 주변 사람들에게 행복감을 전파한다. 거기에 평소보다 좀 더 짙은 화장과 과감한 옷차림을 하고 교태까지 부리는 것이다. 그 상황에서 피 끓는 청춘 남녀가 하룻밤 만에 눈이 맞는 건, 사실 숨 쉬듯 자연스러운 일이었다.

성욕을 충족하는 것 외에, 좀 더 본질적인 필요도 있었다. 섹스는 순간적으로나마 사람을 착각하게 만드는 힘이 있다. 함께 있는 동안만이라도 누군가에게 사랑받고 있다, 존중받고 있다는 느낌에 마음껏 취할 수 있다. 아니면 최소한 오늘 밤, 누군가 내 곁에 있고 싶어 한다는 것만큼은 부인할 수 없는 사실이다. 신체적 교감과 정서적 교감이 동등하다고 스스로를 설득할 수만 있다면, 물리적으로 가까워져 있는 만큼 친밀해졌다고 여길 수 있었다. 자존감이 한창 낮을 때, 그리고 외로움에 질식할 것 같을 때쯤 나는 익숙한 '사고'를 쳤다. 상대방의 가슴에 얼굴을 대고 낮은 심장소리를 듣고 있으면, 마치 스스로의 심장 소리를 듣는 듯 나의 존재를 다시 확인할 수 있었다. 규칙적으로 오르내리는 가슴에 안겨 눈을 감으면, 흔들거리는 요람에 누운 아기처럼 편안했다.

사실 섹스보다는 연애가 필요했다. 남자 친구가 생기면 나는 확실히 정서적으로 안정되었다. 스스로도, 주변에서도 느낄 수 있을 만큼. 모든 정신과학 교과서에는 정신질환자에 대한 사회적 지지가 얼마나 중요한지에 대해서 명시하고 있는데, 내가 바로 산 증인이었다. 비록 스스로 2형 양극성 장애에 대해서 인식하지 못했으므로 솔직하게 상태에 대해서 털어놓지는 못했지만, 나를 바라보는 다정한 눈빛, 사랑을 표현하는 달콤한 말들은 스트레스로부터 보호해주었고, 우울 삽화가 재발하기 전까지 시간을 벌어주었다.

인정하고 싶지 않았지만 연애는 나에게 단기간에 자존감을 크게 끌어올릴 수 있는 방법이었다. 나를 사랑스럽게 바라보는 눈빛, 끝없이 사랑한다 속삭이는 목소리, 잠이 오지 않는 깊은 밤 위안을 주는 존재. 내가 사랑받아 마땅한 사람이라는 것을 확인하기에 그만큼 효율적인 수단은 없었다. 꾸준히 받은 정신분석 덕분에 타인의 반응을 통해 나의 존재 가치를 확인하는 게 의존적이고 건강하지 않다는 문제의식은 있었다. 머리로는 이해하고 있었지만, 달콤한 효율성 앞에 혼자 힘으로 자존감을 높이겠다는 다짐은 번번이 무너졌다. '속절없이 사랑에 빠졌다'는 얼마나 취하기 쉬운 자기합리화인가.

그러면서도 첫사랑이었던 D로부터 받은 상처 때문에, 혹은 이별에 대한 두려움 때문에 상대에게 의지함과 동시에 항상 거리를 두었다. D에게 했던 만큼 절대적으로 상대방을 믿거나 애정 공세를 퍼붓지는 않았지만, 연애를 통해 사랑받고 있다는 확신을 얻고, 그 확신을 통해 자존감을 높이려는 무의식적인 시도는 변하지 않았다.

경조증 시기에 시작된 연애는 달콤했다. 경조증의 에너지와 연애 초반의 열정, 거기에 이십 대의 체력이 만난 시너지 덕에 처음 두세 달은 알콩달콩하고 열렬하게 행복했다. 사랑에 빠진 여느 연인들처럼. 그러다 시간이 지나면서 기분이 가라앉고, 짧은 평정 기간euthymia을 거쳐 연애도 안정기를 향해 갈 때쯤부터 나는 서서히 우울해졌다. 그리고 우울의 화살을 연인과의 관계로 돌렸다. 이제 나를 사랑스럽게 보지 않는 것 같아. 예전보다 연락이 뜸해졌어. 마음이 변했구나. 근거 없는 비난은 우울을 더욱 증폭시켰다.

경조증의 시기의 열정적이고 매력적인 나를 기억하던 상대도 당황하긴 마찬가지였다. 처음엔 본인이 뭔가를 잘못해서 화가 난 거라 생각하고 기분을 풀어주려 열심이었지만, 시간이 지나도 내 상태는 좋아지지 않았고 오히려 악화되었다. 기어코 우울 삽화가 재발했을 때쯤엔 나도, 상대도 김빠진 연애를 지속하며 다툼이 잦아졌다. 불면과 우울, 자살 사고에 허덕이면서 상대방의 감정까지 돌보기에는 역부족이었고, 결국 우울감이 정점을 찍을 무렵 연인과 헤어졌다. 돌이켜보면 늘 이런 패턴이었다. 주로 봄, 여름에 경조증이 와서 찬 바람이 불 때쯤 우울해지는 주기를 보였던 덕에, 친구들에게 우스개처럼 말하곤 했다.

"난 장마철엔 남자친구가 있고, 크리스마스엔 꼭 혼자인 징크스가 있다니까."

적지 않은 인연을 만났지만, 관계가 1년 이상 지속된 적은 거의 없었다. 훗날 2형 양극성 장애에 대한 병식이 생기고 주치의와 상담을 하기 전까지는, 내 연애가 항상 같은 양상을 띠었다는 사실조차 깨닫지 못했다.

한창 뜨거울 나이였고, 남녀가 사랑에 빠진다고 해서 세상이 어떻게 되지는 않는다. 또 다른 문제는 내가 남자를 고르는 패턴이었다.

"넌 마치 결핍을 사랑하는 것 같아. 상대방의 단점이 클수록 네가 느끼는 사랑도 더 커지는 거 같아."

어느 날 친구 K는 조심스럽게 말했다. 이십 대 후반쯤, 스스로의 연애 경향에 대해서 차분하게 앉아 정리해본 적이 있다. 지금까지 만난 남자들의 이름을 적고, 그들의 공통점을 적었다. 결과적으로 K의 말이 맞았다. 내가 만났던 남자들은 하나같이 '결핍'이 있었고, 종류는 다양했다. 바람기, 알코올 중독, 섹스 중독, 진지한 관계 회피 등. 그나마 폭력적인 성향을 보이는 남자는 없어서 다행이라고 해야 하나. 결핍은 곧 낮은 자존감이다. 자존감이 낮으면 대인 관계에 문제가 있는 경우가 많다. 나를 싫어할까 봐 마음을 터놓고 대화를 나누기도 어렵고, 늘 사랑받고 싶다고 느끼면서도 상대에게 당당하게 요구하지 못한다. 그래서 상대를 대하는 태도가 변덕스럽거나 불안정하고, 때로는 지나친 집착을 보이거나 냉담하기도 하다. 자존감이 낮은 이들은 자신의 감정을 솔직하게 드러내는 걸 수치스럽게 여기기에 감정의 교류보다 성적인 교류에 몰두하거나(섹스 중독), 현실로부터 도피하려는 경향을 보인다(알코올 중독).

내가 결핍을 사랑한다는 친구의 분석은 타당한 것이었다. 최소한 나는 결핍에 끌렸다. 이렇게 자존감이 낮은 남자를 마주하면 동병상련에서 우러난 강한 애착을 느꼈다. 나 역시 엄마와의 애착 관계 형성 과정에서 다양한 문제를 겪으며 자란

탓에 자존감이 낮았고, 타인을 대할 때 적잖은 어려움을 겪었으니까. 마음속 깊이 자리 잡은 고민을 털어놓으면 소름이 돋을 만큼 결이 비슷했다. 낮은 자존감은 서로의 영혼을 단번에 알아볼 수 있게 만드는 주홍글씨이자 표식이었다.

나 하나도 감당하지 못해 허덕이면서도 마치 어머니처럼 연인을 보듬어주고 싶은 욕구를 느꼈다. 그를 '심리학적 쌍둥이'라고 여겼고, 같은 상처를 공유하는 사람이기에 서로를 훨씬 잘 이해한다고 생각했다. 진정한 의미의 천생연분이라고 착각하기도 했다. 그래서 나는 늘 '나쁜 남자'에게 끌렸다. 중이 자기 머리는 못 깎는다고, 친구들에게는 지레 잘난 척하면서 스스로를 아끼는 연애를 해야 한다며 잔소리를 늘어놓았음에도, 정작 나는 매번 '똥차'를 골랐다. 하긴 충동적으로 눈이 맞아 시작한 연애였으니, 상대방에 대해서 얼마나 많이 알고 시작했을까. 내 팔자를 내가 꼬는 것이라는 걸 잘 알면서도 자타공인 '착한 남자'에게는 좀처럼 끌리지 않았다. 살면서 나를 좋아했지만 내가 거절했던 사람들은 전부 공통점이 있었다. 자존감이 높고 정서적으로 안정되어 있다는 점. 나와는 너무 다른, 아예 다른 '종족'이었다. 내 눈에 그들은 마치 부처 혹은 예수처럼 신성하게 보였기에 상대의 열렬한 구애에도 좀처럼 매력을 느끼지 못했다.

심리학자이자 작가인 데니스 홀리는 『반복의 심리학』이라는 책을 통해 반복 강박을 '안전지대이론'으로 설명한다.* 어렸을 때 학대받은 경험이 있는 성인은, 가족을 불행하면서도 익숙한 존재로 인식한다. 고통스러운 기억 이외에 다른 상황을 생각해낼 수 없기 때문에, 그것과 전혀 다른 따뜻한 사랑을 받으면 오히려 '도대체 이게 뭐지?' 하고 이질적으로, 또 부담스럽게 생각한다. 자기 안에 있던 불행하지만 익숙한 기억이 곧 그들의 동굴이자, '안전기지'이며, 그들은 자꾸만 익숙한 상황으로 돌아가려고 한다. 어쩌면 나쁜 남자만 골라 만나는 나의 습관도, 익숙한 매력에 끌리는 반복 강박의 결과물이었을까.

경조증 시기에 '나쁜 남자'를 만나 우울 삽화를 겪으며 채 1년을 넘기지 못하고 헤어지는 연애는, 일시적으로 낮은 자존감을 높여주고 외로움을 달래주는 듯했지만 장기적으로는 독이 되었다. 외로움을, 혼자 남겨지는 두려움을 잘 받아들이지 못하는 나에게 헤어짐은 극심한 스트레스였고, 연인과의 이별은 늘 양극성 장애의 악화 요인으로 작용했다. 연애가 반복될수록, '나쁜 남자'에게 이리저리 휘둘렸다. 헤어짐이 두

* 데니스 홀리 지음, 『반복의 심리학』, 권경희 옮김, 흐름출판. 2010.

려워 상대방이 나를 부당하게 대해도 문제를 제기하지도, 불만을 토로하지도 못했다. 거의 매일 술을 마시고 연락이 두절되거나, 나와의 약속을 아무렇지도 않게 취소해도 상대가 사과를 건네기도 전에 용서해주었다. 아무 일도 없었다는 듯 웃으며 잊은 척했지만 서운함은 가슴에 응어리처럼 남아 관계를 뒤틀었다.

꾸역꾸역 이어가던 연애에 마침내 이별이 오면, 나는 우울 삽화 자체의 괴로움과 상대방으로부터 받은 상처로 만신창이가 되었다. 홀로 남은 뒤엔 오랫동안 우울을 떨쳐내지 못하고 과도하게 술을 마셨다. 자살 사고에 시달렸고, 자해도 서슴지 않았다. 이 모든 감정과 경험은 한 덩어리로 묶여 '이별'의 정의가 되었고, 연애를 반복할수록 이별은 무조건적으로 피해야 하는, 호환마마보다도 무서운 재난이 되었다. 이별을 극복하고 가까스로 우울 삽화를 빠져나온 뒤에도 평정 기간은 길지 않았고, 지긋지긋한 외로움은 늘 다시 찾아왔다. 외로움이 극대화된 상태에서 '운 좋게' 경조증이 오면 나는 또 사랑, 아니, 굴레에 빠졌다. 정말이지 지독한 반복이었다.

자존감 훈련

생존 전략

정신분석을 통해서 비로소 내가 자존감이 낮은 사람이란 걸 알게 되었다. 우울의 빙산, 켜켜이 쌓인 감정의 상자, 있는 그대로의 나를 인정하지 못하고 부정적인 감정을 느낄 때마다 치솟는 수치심, 끝없는 자살 사고 등의 원천이 낮은 자존감이라는 것도.

뭐든지 시작이 반이랬지. 문제를 인식하게 되었으니 이제 자존감이 높아지지 않을까? 잠깐 기대하기도 했지만… 시작은 엄마와의 애착 문제였을지 몰라도 문제를 인식하는 것만으로 자존감이 마법같이 높아지는 건 아니었다. 정신분석의 효과는 컸지만 엄마와의 관계 개선, 마음속 어린아이를 달래주는 것과 별개로 자존감을 높이는 노력은 스스로 꾸준히 해야 했다. 정신분석은 단지 낮은 자존감을 인지하게 해준 계기였을 뿐이다.

그래, 그럼 자존감을 높이자.

정신분석이 끝나고, 대차게 결심은 했지만 막막했다. 자존감은 도대체 무엇이며, 어떻게 높여야 하는가. 언제나 그렇듯이 공부부터 시작했다. (지식화는 나의 오랜 방어기제이다.)

자존감 스스로 품위를 지키고 자기를 존중하는 마음. 나를 가치 있는 존재로 여기고 사랑하는 감정.

사전을 펼친 채로 읽고 또 읽었다. 이게 무슨 말이지. 분명히 한글인데, 뜻이 와닿지 않았다. 나지막이 읊조려 보아도 공허한 울림이 되어 주변으로 흩어졌다.

나는 내가 싫었다. 나는 못생겼다. 다른 사람도 아닌 부모님이 그렇게 말했다. 부모님은 본인들이 원하는 만큼 성적을 받아오지 못하는 첫째를 들볶으면서도 공부 잘하는 둘째에게 기가 죽을까 항상 전전긍긍했다. 어떻게든 칭찬을 해주고는 싶어서였을까. 나와 언니를 나란히 세워두고 '둘째는 공부는 잘할지 몰라도, 첫째는 얼굴이 예쁘잖아. 얼굴 예쁜 게 최고지'라고 말하곤 했다. 시험 기간에는 유독 심해졌다. 귀에 딱지가 앉도록 저런 '농담'을 들어서 내가 못생겼다는 믿음이 확고해졌다.

나는 내가 싫었다. 전교 1등을 놓치지 않을 만큼 공부를 잘하긴 했지만, '엄마 말에 따르면' 난 겸손하지도 않고, 없는 가정 형편에 다른 형제들은 고려하지도 않고 혼자 의대에 가겠다고 우기는 이기적인 아이였다.

나는 내가 싫었다. 목소리도 너무 크고, 다들 행복한데 혼자 우울해할 만큼 못났다. 심지어 자존감도 낮다. 태어나 처음으로 사랑하고 사랑받았던 첫사랑은 더 예쁜 여자를 만나 나를 떠났다.

나는 내가 싫었다. 하루 종일 내가 싫은 이유를 적고도 내일 또 적을 수 있었다. 나는 내가 정말 싫었다. 죽이고 싶을 만큼.

그럼에도 어떻게든 자존감을 높이고 싶었다. 열심히 방법을 찾아 헤맸다. 온라인 쇼핑몰에서 자존감을 살 수 있으면 좋겠다 되뇌었다. 지금처럼 자존감이라는 개념이 익숙하지 않은 시절이었다. '나를 사랑하는 법'을 인터넷에 검색하고, 자존감과 조금이라도 관련 있는 책은 보이는 족족 사서 읽었다. 책에 나온 대로 나를 사랑하는 훈련을 했다. 아침마다 거울 앞에 서서 말했다. 사랑해. 난 정말 사랑스러워. 난 스스로가 몹시 자랑스러워. 종이를 펼쳐놓고, 나의 장점을 썼다. 처음엔 한두 개 쓰기도 어려웠지만 나중엔 익숙해져서 열 손가락으로 꼽을 만큼은 쓸 수 있었다. 머릿속에 습관적으로 나를 비난하는 생각이 들 때마다 단 몇 초라도 완강하게 바로잡는 연습을 했다. 나는 쓸모없지 않아. 나는 사랑받을 자격이 없는 존재가 아니야. 나는 반드시 존재할 이유가 있어.

며칠이 지나고, 몇 주가 지나고, 회의가 들었다. 이런 게 무슨 의미가 있지. 책에 나온 방법들은 십 원짜리 동전을 차곡차곡 모아 일억 원을 만들라는 주문 같았다. 안 모으는 것보단 낫겠지만, 자존감의 조각을 아무리 모아도, 바깥의 자극 한 번에, 스트레스 한 번에 번번이 박살이 났다. 학교나 병원에서 스트레스를 받을 때마다, 친구와 사소한 말다툼이 있을 때마다 나는 움츠러들었다. 난 쓰레기야. 내가 너무 미워. 모두 나 같은 건 좋아하지 않아. 그리고 이렇게 무너져 내릴 때마다, 좌절감이 마음을 채웠다. 역시 난 안 돼. 봐, 백날 노력해봐야 자존감을 높일 순 없어. 난 망가졌어. 이번 생은 망했어.

겉으로는 강한 척, 아무렇지 않은 척했지만 속으로 혼자 이런 비극의 주인공 노릇을 하고 있다는 것도 수치스러웠다. 왜 나만 이 모양 이 꼴일까. 자존감을 높이려는 노력을 하지만 잘 되지 않으니 자존감 낮은 나를 증오하며 동시에 그런 나를 철저히 숨기고 싶은 상태. 한 문장으로 설명할 수 없을 만큼 베베 꼬인 마음에 스스로 넌덜머리가 났다. 그즈음부터 자존감을 높이려는 노력도 그만두었다.

이후 무의식적으로 '편법적인' 방법을 쓰기 시작했다. 자존감을 높일 수 없다면 자신감이라도 높이고 싶었다. 다른 건 몰라도, 나의 노력은, 나의 머리는 배신한 적이 없었으니까. 밥 먹는 것도 잊은 채로 공부에 몰두했다. 가장 먼저 도서관에 가서 가장 늦게 도서관에서 나왔다. 다음 학기 성적은 노력한 만큼 크게 올랐고 동기들의 부러움을 한 몸에 샀다. 모니터 위 학점을 바라보면서, 역시 난 똑똑해, 기분 좋게 되뇌었다. 가슴이 벅차오르는 그 감정을 '자존감'이라고 믿기로 했다.

의대 졸업 후엔 자연스럽게 공부에서 일로 심리적 도구가 바뀌었다. 나는 타고난 워커홀릭이었다. 일이 좋았다. 노력한 만큼 결과물을 얻는 것도, 이를 통해서 스스로 만족감을 느끼고 뿌듯한 것도, 상사의 칭찬과 주변의 인정도. 학생 신분일 때보다 의사가 된 후 인정 욕구를 충족하기가 훨씬 쉬웠다. 특히 내 직업은 노력의 결과물이 사람의 건강과 직결되는 직업이다. 열심히 할수록 더 많은 사람의 목숨을 구한다. 친절과 성실함은 환자와 보호자의 고마움, 보람으로 되돌아왔다. '자존감'도 높이고, 사람도 살리고, 일석이조의 완벽한 환경이었다.

외모를 꾸미는 것에도 관심이 많아졌다. 패션 잡지를 사 모으고, 인터넷의 스타일링 사진을 참고해서 쇼핑을 했다. 잠들기 전엔 다음 날 입을 옷을 미리 준비해서 걸어두었다. 항상 긴 생머리에 단정하고 여성스러운 옷을 입었다. 원래도 마른 체형이었지만, 의식적으로 먹는 양을 조절하고 일주일에 세 번씩 헬스장에서 땀을 흘렸다. 조울이 진짜 예뻐졌다. 조울이는 말라서 좋겠다. 어쩜 그렇게 비율이 좋니. 친구들의 칭찬이 기분 좋았다. 남자 선후배, 동기들의 시선을 즐겼다. 마음에 드는 사람이 있으면 적극적으로 다가가기도 하고, 상대방이 호감을 표현하면 으쓱해졌다. 타인의 반응을 통해 내가 예쁘고 사랑스럽다는 것을 증명할 수 있었다. 그래, 이런 것도 다 자존감을 높이는 방법이야.

능력이든, 외모든, 타인에게 보이는 나의 모습을 끊임없이 가꾸는 것은 머지않아 습관이 되었다. 익숙해지니 그렇게 어렵지도 않았다. 매일 24시간, 나 자신에게 CCTV를 달아놓고 감시하는 기분이었지만 낮은 자존감과 자기 비하보다는 편했다. 여전히 타인의 시선과 인정을 통해서만 나의 존재 가치를 입증할 수 있다는 모순에 빠져 있었지만, (그리고 그렇게 모인 자신감은 결코 자존감이 아니었지만) 그렇게라도 하고 싶었다. 그렇게라도 해야 숨통이 트였으니까.

그렇게 20대 중후반 내내 '자존감 훈련'에 빠져 있었다. 살인적인 전공의 근로 환경에서도 항상 깨끗하게 씻고 예쁜 옷을 차려입었다. 하이힐을 신고 또각거리며 병원을 누볐다. 거기에 경조증이 찾아오면 과시적 성향까지 더해졌다. 어느 순간부터 이름 앞에 '예쁜' 혹은 '눈에 띄는'이란 수식어가 따라다녔다. 사람에 따라 비아냥이 섞여 있었을 텐데, 그냥 좋게만 해석했다. 그게 '자존감'을 높이기엔 더 유리했으니까.

자존감만 높이려 애쓰던 그 몇 년 동안, 수차례 경조증과 우울 삽화가 재발했다. 일 년에서 일 년 반 주기로 경조증이든 우울 삽화든 둘 중에 하나는 꼭 나를 찾았다. 그러나 한 번도 치료는 받지 않았다. 경조증은 일상의 행운이자 '봄날'이었으니 치료받을 이유가 없었고, 우울할 땐 그저 자존감이 떨어졌다고 생각했다. 그렇게 애써도 자존감이 또 떨어졌구나. 그래서 우울하구나. 그래, 자존감도 체력이랬어. 평소에도 꾸준히 올리려고 노력해야 하고, 그렇게 애써도 어떤 계기로 떨어지기도 하는 거라고.

우울 삽화를, 양극성 장애를 인정하고 싶지 않았던 나의 억지는 '자존감 만능주의'로 귀결되었다. 자존감은 기분이 우울한 원인이자 나의 이상향이었다. 자존감만 높아지면 우울하지 않을 것이다. 더 열심히 자존감을 높이는 연습을 하자. 우울할수록 가짜 자존감을 높이는 데 몰두했다. 우울과 자살 사고에 시달리면서도 완벽한 모습을 유지해야 했다. 언제나 예쁘게 단장하고 지쳐 쓰러질 때까지 일했다. 스스로의 감정을 돌아볼 여유도, 조금의 쉴 틈도 허락하지 않았다. 그런다고 우울감이 좋아질 리 만무했지만 그럴수록 스스로를 더 밀어붙였다. 참 이상하지. 매일 그렇게 애쓰는데 인생을 잘못 살고 있는 것 같았다. 죄책감과 수치심, 자기혐오는 나날이 심해졌다.

나는 또 길을 잃었다.

술

원인 혹은 결과

경조증과 우울 삽화가 반복될 때마다 나는 술을 마셨다. 중독이었는지는 모르겠다. 적어도 전통적인 알코올 중독의 진단 기준에 부합하지는 않았다. 알코올에 대한 내성이 있지도, 금단 증상이 나타나지도 않았다. 다만 마시지 않으려고 노력해도 생각보다 자주, 더 많이 마신다는 점에서 술에 대한 심리적 의존은 분명히 있었던 것 같다.

사실 정신질환의 경우 하나의 질환만 있는 경우는 드물다. 특히 양극성 장애 환자는 알코올 중독 같은 물질 사용 장애를 가지고 있는 경우가 많다.* (경)조증 상태일 때는 기분이 들뜨는 증상 자체 때문에 술을 많이 마시고, 우울한 상태일 때는 우울한 기분을 잊기 위해서 술을 많이 마신다.

나는 취기를 좋아했다. 알코올은 기분을 좋게 하는 엔도르핀과 마음을 안정시켜주는 세로토닌 분비를 촉진시킨다. 약간의 취기가 올라 '알딸딸'해지면, 마치 경조증과 유사한 상태가 된다. 특히 뭐든지 할 수 있다는 과도한 자신감이나 비정상적으로 고양된 기분이 그렇다. 알코올의 힘을 빌려 느끼는 경조증, 아니, '봄날'의 향기는 비록 찰나에 불과했지만 달콤했다.

취기가 좀 더 오르면, 알코올은 통제력과 판단력을 조절하는 전두엽의 기능을 일시적으로 마비시키고, 감정을 제어하는 억제력도 감소시킨다. 알코올이 이렇듯 '억제 센터'의 기능을 떨어뜨리면, 탈억제 행동이 나온다. 그리고 평소에 많이 억눌러놓은 사람일수록 억제가 풀리면 평소와 전혀 다른 이상한 행동을 한다. 이것이 바로 알코올 유발성 탈억제Alcohol-induced disinhibition이다. 특히 알코올에 의해 통제되어 있던 감정이 증폭되면서 일시적으로 느끼는 감정이나 표현이 커지게

* Frye MA., Altshuler LL., McElroy SL., Suppes T., Keck PE., Denicoff K., et al., Gender differences in prevalence, risk, and clinical correlates of alcoholism comorbidity in bipolar disorder, *American Journal of Psychiatry*, 2003; 160: 883-889.

된다.

나는 평소 스스로 느끼는 감정에 대해서 잘 표현하지 않는 편이었다. 정신분석을 통해 감정을 인지하고 있는 그대로 인정하는 법을 배우긴 했지만, 오랜 습관은 쉽게 끊을 수 없는 법이다. 나는 술에 취했을 때 비로소 인간미가 넘쳤다. '첫인상이 차갑다', '얼굴에 감정이 드러나지 않는다', '표정이 없다'는 지적을 많이 받았지만, 술에 취하면 유난히 잘 웃고 잘 울었다. 마음속에만 담아두었던, 하지 못했던 말을 털어놓을 수도 있었고, 늦은 밤 남녀노소를 가리지 않고 전화를 걸어 사랑한다고 고백했다. 더 취하면 자기 연민이 강해져 술을 마시다 엉엉 울곤 했다. 서운했지만 말하지 못했던 일에 대해서 친구에게 따지기도 하고, 길고 긴 하소연을 하면서 '진상 짓'을 할 때도 있었다. 과음한 다음 날, 지난밤의 언행에 대해서 부끄러움을 느끼면서도, 한편으로는 그렇게라도 감정을 표출하고 나면 속이 후련했다. 지끈거리는 머리를 부여잡고 누워 끙끙대면서도 묘한 해방감을 느꼈다.

우울 삽화가 겹치면 나는 나 자신을 처벌하는 마음으로 술을 마셨다. 사실 술이 주는 신체적 즐거움은 크지 않았다. 나는 술이 약했다. 주종을 가리지 않고 두 잔만 마셔도 취하곤 했고, 다음 날 끔찍한 두통에 시달렸다. 내가 마실 수 있는 술이라곤 도수가 약한 와인이나 맥주가 전부였는데, 드라이하고 바디감이 무거운 와인과 쌉쌀하고 청량한 맛의 맥주를 좋아한다는 사실 정도만 알 뿐, 술에 대한 조예가 깊은 편도 아니었다.

나는 술이 주는 '부작용'이 좋았다. 만취한 상태에서 벌어지는 자기 처벌적, 자기 파괴적인 행위들을 즐겼다. 다른 사람도 아닌 내가 나 자신을 망가뜨리면서 쾌감을 느꼈다. 알코올은 자해나 자살시도에 대한 심리적 자제력이나 통제력을 약화하고 충동성, 공격성을 증가시킨다. 이런 공격성이 타인을 향하면 강력 범죄로, 스스로를 향하면 자해 내지는 자살과 같은 극단적 선택으로 이어질 수 있다.

자해로 인해 쾌감을 느끼는 기전은 다양하지만, 나의 경우는 자기 처벌의 욕구를 만족시킴으로써 느끼는 만족감이 컸다. 자기 처벌의 욕구란, 마음속 깊이 숨겨져 있는 스스로를 비난하고 처벌하고 싶은 마음이다. 자기 처벌은 자기혐오의 연장선상에 있다. 우울할 때 나는 나 자신을 혐오했다. 가뜩이나 낮은 자존감이 더 낮아졌다. 내가 너무 하찮은 존재여서 이 세상에서 살아갈 가치가 없다고 여겼다. 아무리 열심히 일했어도, 모두가 부러워할 만큼 눈에 띄는 성과를 얻어도 그것과 상관없이, 스스로가 자랑스럽거나 사랑스럽게 여겨지지 않았다. 특히 나는 완벽주의자이다. 자기혐오는 완벽주의자들에게 더 쉽게 나타난다. 자신이 목표하는 이상과 현실의 간극이 클 때 자기혐오로 귀결되는 것이다. 나는 완벽하지 않아. 나는 나 자신을 실망시켰어. 스스로에게 벌을 내려야 해. 하루에도 여러 번 심판 의식이 등장하는 것을 느꼈다.

술이 취한 상태에서 가장 쉽게 할 수 있는 자기 파괴적인 행위는 섹스였다. 사랑하지도 않는, 나에 대해 평상시 호감을 갖고 있다는 사실을 잘 알고 있는 남자들을 유혹해서 잠자리를 가졌다. 누군가에게는 씻을 수 없는 상처를 주기도 했다. 다음 날 아침에 일어나면 분명히 후회할 것이고, 죄책감과 자괴감에 허우적거릴 것이라는 게 뻔한데도 만취한 바로 그 순간 나는 행동을 자제할 수가 없었다. 반복되는 패턴을 멈출 수도 없었다. 다시는 그런 행동을 하지 않겠다고 다짐하면서도 하루가 멀다 하고 술을 마셨고, 만취할 때까지 자제하지 못했으며, '먹잇감'을 찾아 유혹했다. 섹스 그 자체보다 바람직하지 않은 행동을 하고 있다는 사실이 즐거웠다. 내가 후회할 거라는 사실을 잘 알면서도 기어코 저지르고야 마는 충동성이, 과감함이 기특했다. 괴로운 결과를 예상하면서도 굳이 하고야 마는 나의 행동은 정신적 자해에 가까웠다. 그리고 당연히 자살 충동을 더 자주, 더 심하게 느꼈다.

술에 취한 나는 신체적 자해도 서슴지 않았다. 만취했을 때, 입 안의 여린 점막을 이로 씹어서 죄다 뜯어놓았다. 입 안이 너덜너덜해져서 며칠 동안 극심한 통증에 시달렸고, 음식을 제대로 씹어 삼킬 수가 없었다. 그리고 며칠이 지나면 입 안에 수십 개의 궤양이 생겨서 물을 마시기만 해도 쓰라림을 느꼈다. 끊임없이 손톱을 물어뜯었고, 가끔은 피가 날 때까지 손톱 옆 여린 살을 뜯어내기도 했다. 술에 취한 상태에서 실수인 척 유리잔을 깨뜨린 뒤 베어 벌어진 상처를 소독하지도 않고 흐르는 피를 멍하니 바라보고 있었다.

그런데 참 이상하지, 우울할 때는 이런 정신적 혹은 신체적 자해가, 자기 처벌이 마약처럼 달콤하고 중독적이었다. 다분히 비정상적이고 변태스럽다는 것을 알고 있지만, 만취한 상태에서 자해가 나에게 주는 고통은 죄책감과 자괴감을 덜어주었고, 불안과 스트레스를 분출하게 해주었으며, 역설적으로 내가 내 삶에 대한 충분한 통제를 유지하고 있다고 느끼게 해주었다. 이런 짓을 저지르고도 나는 변함없이 일상생활을 영위하고 있어. 아무도 내가 이런 문제를 일으키고 있다는 걸 몰라. 나의 오만함은 하늘을 찔렀다.

가끔은 만취한 상태에서 수면제를 먹었다. 불면증 치료를 위해 처방받은 것이었다. 잔뜩 취해서 비틀거리는 상태에서 며칠 치의 수면제를 한입에 털어 넣었다. 최악의 선택이었다. 알코올과 함께 먹을 경우 호흡 억제로 죽을 수도 있다는 걸, 끔찍하리만큼 위험하다는 걸 너무 잘 알면서도, 멈춰지지가 않았다. 내가 의사이기 때문에 어쩌면 부작용으로부터 자유로울 거라고, 마음대로 착각했다. 시작이 어려웠을 뿐, 수면제를 남용하는 일은 생각보다 훨씬 쉬웠다. 평소보다 빨리 약이 소진되면 잠이 오지 않아 뜬눈으로 밤을 지새웠다. 가끔은 잠에 들기 위해서 술을 마시기도 했다. 정말 참을 수 없을 땐 주치의를 찾아가 변명을 늘어놓았다. 약을 잃어버렸어요. 잠이 너무 안 와서 약을 과용했어요. 약이 잘 안 듣는 거 같은데 용량을 좀 늘려주세요. 술에 취할 때마다 나는 매번 도박하는 마음으로 수면제를 남용했고, 아침에 눈을 뜨면 깨질 듯한 머리를 부여잡고 얼마나 위험천만한 짓을 저질렀는지 되새겼다.

그런데도 멈출 수는 없었다. 우울 삽화가 찾아오면 번번이 술을 마셨고, 만취한 상태에서 어김없이 수면제를 찾았다. 나의 행위가 전형적인 약물 오남용이라는 것을 뻔히 알면서도 그만두지 못했던 이유는 역설적으로 수면제의 부작용 때문이었다. 수면제를 먹으면 후향 기억상실이 일어난다. 수면제를 먹은 순간부터 잠들기 전까지의 일이 기억이 나지 않는다. 나는 술을 마시고 항상 멍청한 짓을 저질렀기에, 수면제로 유도하는 '선택적 기억상실'이 반가웠다. 새벽 1시가 넘은 시각, 곤히 잠든 친구에게 전화를 걸어 잔뜩 꼬부라진 혀로 주정을 부려도, 사랑하지 않는 사람과 충동적인 섹스를 하고 나서도, 유리잔을 깨뜨리고 자해를 해도 다음 날 아침이면 아무것도 기억나지 않는 사실이 나에게는 축복 같았다. 내가 보지 못하면 다른 사람들도 보지 못할 것이라고 착각하듯 스스로 기억하지 못하면 간밤의 일도, 부끄러움과 자책도 함께 사라지는 것 같았다.

고기능 우울증 환자

오만

몇 번째였을지도 모를 우울 삽화가 찾아온 것은 30대 초반의 여름이었다.

별다른 사건을 겪은 것도 아니었는데 어느 날부터 다시 잠이 오지 않았다. 나의 우울 삽화는 항상 불면과 함께 돌아온다. 늦은 밤까지 잠들지 못하고 뒤척이며 잡념에 시달렸다. 2주쯤 지나자 우울증이 재발해서 부정적인 생각이 꼬리에 꼬리를 물게 된 건지, 아니면 온갖 부정적인 생각에 휩싸여 우울하게 된 건지 구분할 수 없었다. 어차피 원인과 결과를 따지는 것은 의미가 없었다. 나는 우울했고, 잠들지 못했으며, 피로와 짜증에 쫓겨 더 우울해졌으니까.

다시 마주한 우울은 끔찍하게 익숙했다. 자존감은 바닥을 쳤고, 나 자신이 무가치하고 쓸모없는 존재처럼 여겨졌다. 한편으로는 아무 이유 없이 스스로를 평가절하하고 우울해하는 내가 싫었다. 머릿속에서 나를 비난하고, 동시에 변호했다. 어느 순간부터 내가 무슨 생각을 하고, 무슨 감정을 느끼는지 구분하기 어려웠다. 수많은 생각들은 실타래처럼 엉겼고, 나는 감정의 미로에서 길을 잃었다. 익숙한 불면의 밤이 찾아왔고, 더 익숙한 자살 사고도 불쑥불쑥 고개를 들었다.

엉망진창인 정신 상태와는 별개로, 당시의 나는 무척 바빴다. 새벽에 출근해서 새벽에 퇴근했으며, 주말에도 나와서 일을 해야 하는 상황이었다. 나뿐만 아니라 함께 일하는 동료들도 정신없이 바빴기에 도저히 병원에 양해를 구하고 쉴 수 있는 상황이 아니었다. 함께 고생하고 있는 사람들에게 민폐를 끼치고 싶지 않았다. 그래서 나는 우울을 철저히 숨기기로 했다.

캐럴라인 냅은 저서 『드링킹』을 통해 알코올 중독에 대해 털어놓으며 스스로를 고기능 알코올 중독자high-functioning alcoholic라고 규정했다. 흔히 알코올 중독자라는 단어를 들으면 '폐인', 즉 하루 종일 술에 취해서 아무런 생산적인 활동을 하지 못하는 사람을 떠올리지만, 이런 만성화된 중독자는 전체 알코올 중독자 열 명 중 한 명 정도에 불과하다. 나머지는 음주로 인해 어느 정도는 문제가 있지만, 사회에서 어떤 식이든 섞여서 일상생활을 영위한다. 그리고 그중의 일부는 심지어 '고기능 알코올 중독자'이다. 그들은 전형적인 알코올 중독자와 다르게 사회적 성취를 유지하며 원만한 대인관계를 이어가기에 주변 사람들은 좀처럼 그들의 음주 문제를 인식하지 못한다. 스스로도 알코올 중독을 강하게 부인하는 경우가 많다.

알코올 중독과 비교하자면 나는 고기능 우울증 환자였다. 나는 우울을, 아니, 부정적인 감정을 아예 드러내지 않았다. 죄책감, 수치심, 무기력함, 우울과 자살 사고에 시달리면서도 누군가에게 내 상태에 대해서 털어놓지 않고 증상을 철저히 감추고 가렸다. 겉으로 우울해 보이지 않으려고 안간힘을 썼다. 자존심이 강하고 머리가 좋은 편이었기에, 업무나 대인관계는 별다른 문제없이 유지할 수 있었다. 지난밤 한숨도 자지 못하고도 가장 먼저 출근했으며, 끊임없이 자살 사고에 시달리면서도 사람들과 웃고 떠들며 점심을 먹었다. 맡은 업무는 어떻게든 기한 안에 해냈고, 심지어 결과물도 평균 이상이었다(물론 나만 겨우 알아볼 수 있을 정도로 미미한 질적 하향이 있었지만). 덕분에 주변 사람들은 나의 우울을 전혀 알아채지 못했다. 가면 우울증이었다.

밖으로 쏟아내지 못한 부정적인 감정은 안으로 곪았고, 나를 산 채로 잡아먹었다. 물 위에 떠 있는 우아한 백조처럼, 아무렇지 않은 척 일상을 유지하기 위해 필사적으로 발버둥 쳐야 했다. 내일 일을 하려면 오늘 조금이라도 자야 하는데 잠은 오지 않고, 자살 사고는 점점 집요해졌다. 이상과 현실 사이, 꾸며낸 거짓과 진실 사이의 간격은 시간이 갈수록 커졌고, 가까운 사람들에게 거짓말을 하고 있다는 수치심과 자괴감도 더 커졌다.

결국 정신건강의학과를 찾았다. 수면제를 처방받기 위해서였다. 거의 한 달째 하루 4시간 이상 자지 못했다. 살인적인 스케줄을 소화하고 있었기에 점심시간에 짬을 내서 병원에 들러야 했다. 그 와중에 동료들의 눈을 피하려 최대한 직장에서 먼 곳을 예약했다. 진료실에 앉자마자 나는 기계적으로 증상에 대해 설명했다.

"우울해요. 과거에 2형 양극성 장애로 진단받고 몇 번 우울 삽화를 겪었어요. 처음엔 비정형 향정신병약물과 항우울제를 병용했었고, 효과 있었어요. 약은 6개월 먹었고, 주치의랑 상의해서 줄여서 끊었어요. 그다음 몇 번은 치료받지 않고 좋아졌어요. 가장 불편한 건 요즘 잠을 못 자요. 부정적이고 염세적인 생각을 곱씹느라 입면이 어려워요. 어렵사리 잠들어도 중간에 자꾸 깨고, 한 번 깨면 다시 잠들기 어려워요."

내 입술은 우울하다고 이야기했지만, 얼굴이나 몸짓은 감정을 전혀 드러내지 않았다. 나는 처음부터 내가 의사임을 밝혔고, 스스로 증상에 대해서 파악하고 있으며, 이미 올바른 진단을 받았고, 단지 약을 처방받으러 왔다는 의도를 적나라하게 드러냈다. 표정이나 말투도 시종일관 건조하고 딱딱했다. 처음 보는 사십 대 중반의 여자 의사에게 나약한 모습을 보이고 싶지 않았다. 그때까지도 내가 2형 양극성 장애로 꾸준히 치료를 받아야 한다는 사실을 인정할 수 없었고, 지금 나를 바라보고 있는 저 의사로 하여금 설득하게 할 생각도 없었다. 그럼에도 불구하고 첫 진단 이후 처음으로 내 입으로 먼저 2형 양극성 장애 환자라고 말했다. 이유는 단 하나, 혹시라도 처음 보는 의사가 주요우울장애로 오진해서 항우울제를 처방할까 봐였다. (양극성 장애에서 항우울제를 사용할 경우, 조증/경조증 전환을 유발하여 병세를 악화시킨다는 의견과 별다른 영향이 없다는 의견으로 갈라진다. 하지만 기본적으로 양극성 장애에는 항우울제보다는 기분안정제 계통의 약물을 써야 한다.)

내가 사용하는 대표적인 방어기제 중에 '지식화'가 있다.

미성숙한 방어기제 중 하나로, 감정과 충동을 억누르기 위해 그것을 직접 경험하는 대신, 생각만 많이 하는 것이다. 지식화를 사용하게 되면, 내가 겪은 어떤 불쾌했던 기억을 담담하고 냉정하게 바라보면서 논리적으로 분석하고 스스로를 납득시키려 애쓴다. 스트레스 상황으로부터 감정을 분리시키는 것이다.

나는 지금 우울 삽화를 겪고 있는 거야. 그래서 우울하고 일상생활이 어려운 거고. 비정형 향정신병약물과 같은 기분안정제를 먹으면 다시 정상으로 돌아올 수 있어. 처음에도 그랬으니까. 그리고 수면제를 처방받으면 잠들 수 있어. 충분히 자는 것만으로도 기분이 좋아지는 데 도움이 돼. 자살 사고는 기분이 좋아지면 자연스럽게 좋아질 거야.

그동안 해왔듯이 불면이라는 증상만 인정하고 2형 양극성 장애로 인한 우울 삽화라는 걸 부정할 수도 있었지만 스스로 느끼기에도 이젠 한계였다. 그래서 우울까지는 인정했다. 차마 왜 우울한지, 이번 우울 삽화가 어떻게 시작되었는지, 왜 잠들지 못하는지에 대해서는 생각하고 싶지 않았다. 너무 지쳐서 내가 느끼는 감정과 생각이 뭔지 살펴볼 여력이 없었다. 오래 전부터 이미 2형 양극성 장애가 만성의 경과를 나타내고 있었지만 결코 인정하고 싶지 않았다. 그래서 내 멋대로 그냥 '이번'은 과로와 스트레스 때문이라고 결론 내리기도 했다.

'나는 지금 우울하다. 정신건강의학과에 가서 약을 먹으면 기분이 좋아지겠지.'

나는 마치 수학 문제를 풀듯이 기계적으로 상황을 바라보았다. 이쯤 되니 우울감 따위도 귀찮았다. 더 이상 이 문제에 시간과 에너지를 더 쏟고 싶지 않았다. 그저 빨리 해결해버리고 싶었다.

다행히 새로 만난 의사는 나만큼 냉담하고 큰 관심이 없었다. 면담은 짧고 사무적이었고, 일주일에 한 번씩 내원한다는 조건으로 충분한 양의 기분안정제와 수면제를 처방받을 수 있었다. 집에 돌아와 수면제를 한입에 털어 넣었다. 오랜만에 잡념과 악몽에 시달리지 않고 잠들었다. 아침에 눈을 떴을 때, 여전히 무기력에 젖어 몸을 일으키긴 어려웠지만 적어도 머릿속 잔뜩 얽힌 실타래 틈으로 한 줄기 빛이 스며드는 걸 느꼈다.

평소에도 그렇지만, 우울 삽화가 도질 때 나는 유난히 더 모범생이 된다. 내가 의사라서 높은 순응도가 좋은 치료 결과와 비례한다는 걸 잘 아니까. 한동안 의사가 시키는 지시를 잘 따랐다. 일주일에 한 번, 약속된 시간에 병원에 들러 주치의와 사무적인 면담을 나눴다. 지난주는 괜찮았어요. 이번 주는 유독 기운이 없고 무기력하게 느껴졌어요. 감정이 배제된 보고 수준이었지만 (비록 돈을 받은 대가라 하여도) 누군가 내 상태에 대해서 꾸준히 관심을 가져주는 것, 그리고 내 입으로 직접 감정과 신체 상태에 대해서 묘사하는 과정 자체는 치유력이 있었다. 매일 규칙적으로 약을 먹었고, 하루 6시간 이상 잤다. 시간과 체력이 허락할 때는 일주일에 한 번이라도 가벼운 운동을 했다.

그리고 3개월 뒤, 거짓말처럼 기분이 좋아졌다. 아니, 정확히 말하면 더 이상 우울하진 않았다. 됐다. 나는 내 멋대로 약을 중단하고 병원에 가지 않았다.

불면

오늘 같은 밤이면

또 잠이 오지 않는다. 익숙하다. 요즘 들어 대인관계 때문에 스트레스가 많았다. 이럴 줄 알았다. 예민한 나는 스트레스 받는 일이 생기면 당장 잠이 안 온다. 그래서 이미 2주 전부터 수면제를 먹고 있다. 그럼 수면제를 먹으면 될 텐데. 오늘 같은 밤의 문제는 나를 고생시킨 사람에 대한 뒷담화를 하면서 친구와 와인을 한 잔 마셨다는 것이다.

술 마셨는데 수면제 먹어도 되나요? 내 환자들이 물으면 당연히 안 된다고 한다. 실제로 위험하다. 호흡 억제로 수면 중에 사망할 수도 있고 알코올과 약의 상호작용으로 '몽유병' 같은 복합수면 행동을 보일 수도 있다. 물론 술을 마신 뒤에 수면제를 먹는다고 해서 항상 저런 결과로 이어지는 것은 아니다. 그러나 100퍼센트의 확률이 아니라는 이유로 괜찮다고 했다가 문제라도 생기면 나는 의사 면허를 잃는 것은 물론이오, 죄책감에 견딜 수 없을 것이다. 하지만 질문의 화자가 나 자신일 때는 이야기가 조금 다르다. 나는… 나니까. 스스로에게 책임을 물어봤자 얻을 것도, 잃을 것도 없으니까.

당장 내일 이른 아침부터 일을 해야 한다. 출근하자마자 중요한 회의도 있다. 지금 잠들어도 4시간밖에 자지 못한다. 자연스럽게 처방받아놓은 수면제로 눈길이 향한다. 투약하는 동안 술 드시면 안 돼요, 잘 아시죠? 수면제를 처방받을 때 주치의가 건넨 말을 떠올린다. 하지만 잠들고 싶다는 욕구와 잠들지 못할지도 모른다는 불안 앞에서 그런 잔소리는 그저 공허한 울림일 뿐이다. 사실은 이미 약을 먹었다. 먹은 지 30분이 지나고도 약을 한 알 더 먹어야 하나, 고민 중이다. 불면증은 정말 지긋지긋하게 나를 괴롭힌다.

처음 불면증이 찾아온 건 D와의 이별 이후, 첫 양극성 장애로 인한 우울 삽화로 진단 받았을 때였다. 극심한 피로감에 당장 어디라도 쓰러져 잠들고 싶은데 밤만 되면 잠이 오지 않았다. 불면과 피로 때문에 무기력함과 우울이 더 심해졌다.

이대로는 안 되겠다 싶어 처음으로 수면제를 먹었다. 그나마도 무서워서 정량의 반쪽만 쪼개 먹었다. 몇 달 만에 잠을 푹 잤다. 하지만 다음 날 아침, 도저히 일어날 수가 없었다. 미친 듯이 졸렸다. 의과대학의 수업을 결석하는 건 상상도 할 수 없는 일이었기에 눈꺼풀도 못 뜬 채로 학교에 갔다. 가장 구석자리에서 하루 종일 잤다. 그날 수업 내용이 하나도 기억나지 않는다. 그때 처음으로 수면제의 위력을 알았다.

수면제는 여러 종류가 있으나, 온갖 생각에 사로잡혀 입면이 어려운 나에게 가장 잘 맞는 수면제는 졸피뎀이었다. 처음엔 5mg만 먹으면 5분 만에 곯아떨어져 다음 날까지도 비몽사몽했다. 그땐 수면제가 무서웠다. 이대로 중독되면 어쩌지, 영구적 후유증을 남기는 건 아닐까. 정신건강의학과에서 처방받은 약을 믿을 수 없었다. 첫 우울 삽화 이후 약을 끊으면서 최소 1년 이상 수면제는 거들떠도 보지 않았다.

병원에서 인턴 생활을 시작했다. 요즘은 모르겠지만 우리 때는 이른바 '퐁당퐁당' 당직을 섰다. 아침부터 저녁까지 정규 근무를 하고, 다음 날 아침까지 당직을 서고, 다시 정규 근무를 마치고 퇴근해야 겨우 10시간 남짓한 '오프', 자유시간이 주어졌다. 일은 고되고 바빴다. 당직인 날은 5분, 10분 간격의 쪽잠을 잘 시간밖에 주어지지 않았다. 타고나길 예민한 나는 그 짧은 시간 동안 도무지 잠들지 못했다. 이틀에 한 번, 집에 와서야 겨우 잠드는 생활을 반 년쯤 했을까… 어느 날부터 오프인 날에도 잠이 오지 않았다. 당직 때도, 오프 때도, 자지 못하고 출근했더니 다시 당직 날이었다. 결국 연달아 72시간 동안 자지 못하고 일하는 날들이 생겨났다. 그쯤 내가 어떻게, 무슨 일을 했는지는 기억이 가물가물하다. 수술장에서 졸다가 교수님께 호통을 듣고 쫓겨나기도 하고, 중요한 업무를 놓쳐서 윗년 차에게 혼나기도 하고, 환자에게 실수해서 위해를 가할 뻔하기도 했다. 그리고 나는 시나브로 우울해졌다. 우울 삽화가 다시 도졌는데, 도진지도 몰랐다. 살인적으로 바빠서 나를 돌아볼 여유 따위는 없었다.

자야 하는데. 오늘 못 자면 내일 당직이라 또 못 자는데. 잠이 오지 않는 어느 날 하염없이 눈물을 흘렸다. 오늘 잠이 오지 않는 게, 잠도 못 잔 상태에서 내일 또 24시간 넘게 일해야 하는 게 무서워서 아이처럼 울었다. 책상을 뒤져 첫 진단 때 처방받았던, 유통기한도 한참 지났을 수면제를 찾아 한입에 털어넣었다. 이내 나는 잠들었고, 다음 날 비몽사몽하긴 했지만 몸은 덜 무거웠다. 살 것 같았다. 그렇게 전공의 시절, 당직이 아닌 날이면 수면제를 달고 살았다.

당직이 비교적 적어지는 3, 4년 차가 되었을 때, 그리고 전문의가 되고 난 후에는 수면제를 끊으려 부단히 애를 썼다. 실제로 성공할 때도 있었다. 짧게는 6개월, 길게는 1년 이상 수면제 없이 잘 잤다. 약을 사용하기 전에 불면증 환자들에게 사용하는 방법으로 수면 위생 교육이 있다. 들으면 누구나 쉽게 이해하는 내용이다. 낮잠을 자지 않고, 취침과 기상 시간을 일정하게 정하고, 규칙적으로 운동을 하되 잠들기 3~4시간 전부터는 피한다. 카페인과 알코올 섭취를 피하고, 취침 시간이 아니면 침대에 눕지 않으며, 잠이 오지 않으면 잠자리에서 벗어난다. 침실은 어둡고 조용하게 하고, 잠자리에서 스마트폰 사용을 하지 않는다. 전문 분야도 아니지만 줄줄 외우고 있다. 스스로 수년간 지겨울 정도로 지켰던 원칙이니까. 경조증도 아니요, 우울 삽화도 아닐 때에는 적당한 운동과 절주만으로도 충분했다. 하지만 양극성 장애는 언제나 다시 나를 찾아냈고, 항상 불면증으로 시작되었다. 그리고 양극성 장애가 악화되었을 때는 수면제 외에는 그 어떤 방법도 효과가 없었다. 사실 양극성 장애라는 질병 때문에 불면이라는 증상이 생겨났으니 양극성 장애 자체를 좋아지게 하지 않으면 잠이 올 리 없었다. 기분안정제를 먹지 않고 수면제만 먹는 것은 병의 원인을 고치지 않고 증상만을 치료하는 대증 치료에 불과했다. 나는 (기분안정제를 먹지 않고) 수면제를 복용하여 억지로 잠들게 하는 과정을 '셧다운'이라고 표현했다. 실제로도 컴퓨터에서 발생하는 잦은 에러의 원인을 찾지 않고 강제 리셋시키는 과정과 굉장히 유사했다.

그래도 기분안정제를 먹지 않고 버텼다. 잠이 오지 않을 때마다, 매번 다른 정신건강의학과 의원을 찾았다. 오랜 불면증을 앓고 있다, 혹은 최근에 여행을 다녀오면서 시차 적응에 실패해서 잠이 오지 않는다고 둘러댔다. 그렇게 몇 년간 기분안정제 없이 수면제만 처방받아 먹었다. 주변에도 딱 그렇게만 설명했다. 2형 양극성 장애에 비해서 불면증은 훨씬 더 인정하기 쉬웠으니까.

잠이 오지 않는 증상보다 더 괴로운 건, 잠들지 못하는 순간 느끼는 비이성적인 불안이었다. 이젠 전공의가 아니니까 하루쯤 잠을 못 자도 다음 날 죽을 만큼 힘들진 않지만, 고착화된 불안은 나를 내버려두지 않았다. 30분 이상 잠이 안 오면 심장이 두근거렸다. 내일 어쩌지. 중요한 회의가 있는데, 또 양극성 장애가 도진 걸까. 내일 몸이 피곤하겠지. 난 또 왜 이러는 거지. 같이 당직 섰던 동기들은 멀쩡한데 왜 나만 잠들지 못할까. 내가 너무 예민한 걸까. 생각은 꼬리에 꼬리를 물었고, 결국 어딘가 숨겨놨던 수면제를 털어넣고 나서야 나는 안심할 수 있었다.

이제는 확실히 졸피뎀에 내성이 생겼다. 원래 먹은 지 10분 정도면 효과가 나타나지만, 나는 30분은 지나야 효과가 난다. 그것도 처음엔 쓰러질 듯 잠이 쏟아졌지만 이제는 살짝 어지럽고 멍한 기분으로 나타난다. 5mg만 먹어도 다음 날 정신을 못 차릴 정도로 졸렸는데, 이젠 10mg를 먹고도 약간의 메스꺼움 말고는 별다른 부작용이 없다.

처음이 어렵지, 한 번 잠이 오지 않을 때 수면제를 찾기 시작하자 사탕을 먹는 것처럼 쉬워졌다. '잠이 오지 않을 것 같을 때'도 미리 약을 먹었다. 졸피뎀에 내성이 생겨 원하는 만큼 효과를 내지 못하자 주치의에게 호소하여 약을 바꿨다. 멜라토닌, 트리아졸람 같은 벤조다이아제핀 외에도 쿠에티아핀, 트라조돈 등 다양한 수면제를 먹었다. 우스갯소리로 '현존하는 모든 수면제'는 다 먹어본 것 같다.

수면제의 가장 심각한 부작용은 바로 심리적 의존이다. 불면으로 약을 처방받으면 자꾸만 약을 먹고 싶었다. 평정 기간 동안 약을 먹지 않고 잠들려는 모든 노력은 수포로 돌아갔다. 원래 잠드는 시간보다 훨씬 이른 시간에 수면제를 털어넣고 침대에 누웠다. 빨리 잠들고 싶다. 이윽고 찾아오는 몽롱함이 만족스러웠다. '오늘은 잘 수 있을까?'라는 고민 없이 항상 잘 잘 수 있다는 보장과 그로 인한 안정감. 그게 너무 달콤해서 도저히 끊을 수가 없었다. 이윽고 처방받은 수면제가 다 떨어지고 나면, 간식을 다 핥아먹은 개처럼 아쉬움을 이기지 못하고 며칠 동안 서랍을 뒤졌다. 혹시 남은 약이 없을까.

오랜 불면은 삶의 가치관과 우선 순위를 바꿔놓았다. 인간의 오욕 중에, 나는 잘 자는 것에 모든 것을 걸었다. 나라는 사람의 기분과 스태미나는 오로지 잘 잤는지 여부에 따라 결정되었다. 단지 며칠 정도 잘 자면 우울 삽화 중에도 기분이 날아갈 듯이 좋았다. 찰나에 불과하더라도 좋아지고 있다고 착각할 수 있었다. 그리고 기분 좋은 착각 덕분에 수면제는 만병통치약처럼 든든한 수단이 되었다. 그때는 인정하고 싶지 않았지만 수면제를 먹으며 내가 깨달은 것은, 스스로가 중독에 몹시 취약한 사람이란 것이었다.

결국 참지 못하고 수면제를 반 알 더 먹었다. 주치의가 정 잠이 오지 않으면 먹으라며 챙겨준 비상약이다. 익숙한 몽롱함이 찾아왔다. 이제는 자도 되겠다. 흡족한 마음으로 눈을 감았다.

자살 사고

오랜 나의 벗

이대로 잠들어서 다시는 눈을 뜨지 못하면 좋겠다.

태어나 처음으로 자살 충동을 느꼈다. 고등학교 1학년 무렵, 엄마와 지독하게 다툰 밤이었다. 사소한 말다툼에서 시작된 언쟁은 서로에게 고함을 지르고 상처주는 말을 퍼붓는 것으로 끝났다. 그 무렵 엄마와의 다툼은 항상 비슷했다. 나는 엄마가 언니나 남동생만큼 나를 사랑하지 않는다는 '확신'에 차 있었고, 불만은 고름처럼 쌓이고 쌓이다 사소한 것에 터져 나오곤 했다. 엄마가 백화점에서 언니의 옷만 사왔다거나, 좋은 성적을 받았는데도 원하는 만큼 칭찬해주지 않았다거나, 남동생의 짓궂은 장난을 꾸짖지 않고 웃어 넘겼다거나. 엄마가 별 생각 없이 한 말이나 행동은 매번 기폭제처럼 나를 폭발하게 만들었다. 예상하지 못한 과민반응에 엄마는 자기는 그런 의도가 아니었다고 부인하고, 그럼 나는 엄마를 설득하기 위해서 과거의 일까지 끄집어냈다. 지난 번에는 남동생 옷만 사줬어. 언니는 조금만 잘해도 호들갑을 떨잖아. 내가 언니랑 싸우면 늘 언니 편만 들면서. 싸움이 반복되면서 엄마는 넌덜머리를 냈다.

너 그거 피해망상이야. 정신과나 좀 가봐.

화가 난 엄마는 부모로서 해서는 안 될 말을 서슴지 않고 내뱉었고, 나는 엄마가 그런 심한 말을 하지 않고는 견디지 못할 정도로 화를 북돋았다. 그렇게 하루가 멀다하고 전쟁을 치렀다.

"도대체 네가 원하는 게 뭐야."

지칠 대로 지친 엄마가 물으면, 나는 몇 번이고 입술을 깨물었다. 하고 싶은 말은 굴뚝같았지만 도무지 말이 되어 입 밖으로 나오질 않았다.

나를 사랑하라고. 언니나 남동생만큼 사랑하라고.

부모가 자식을 사랑하는 것은 당연한 본능이 아니던가. 엄마에게 사랑을 구걸해야 하는 나 자신이 비참했다. 자존심이 강한 나는, 차라리 죽었으면 죽었지 그런 말을 입 밖으로 내고 싶지 않았다. 아무 말도 하지 않아도 엄마가 알아주면 좋겠다고 빌고 또 빌었을 뿐.

“그걸 정말 몰라서 물어? 나를 좀 사랑해달라고! 언니나 남동생만큼 나를 사랑하라고!”

그날 결국 머리끝까지 화가 나서 참지 못하고 소리를 질렀을 때, 엄마는 물끄러미 바라보다가 실소를 터뜨렸다.

“나이가 몇인데 아직도 사랑 타령이야, 제발 철 좀 들어라.”

엄마의 비웃음. 세상이 무너지는 기분이었다. 문을 쾅 닫고 돌아섰다. 방에 틀어박혀 머리가 깨지도록 울었다. 집, 학교, 한 줌 정도의 친구들. 고등학생 때 세계라곤 고작 그 정도 반경밖에 되지 않았다. 가족이 인생의 전부까진 아니어도 대부분을 차지하던 시절이었다. 예민하고 감수성이 풍부하던 질풍노도의 시절, 주양육자였던 엄마의 사랑은 자존감을 키우는 자양분이자, 하루를 지탱하게 만들어주는 힘이었다. 엄마로부터 충분한 애정을 받지 못한다고 느낄 때마다, 나라는 사람의 가치가 곤두박질쳤다. 동시에 엄마의 말처럼 고등학생이나 되어서 아직도 엄마의 사랑에 집착하는 스스로가 유치하고 미성숙하게 느껴졌다. 나의 청소년기는 엄마의 대한 애증과 원망, 자기 연민과 수치심으로 얼룩져 있다.

어릴 때 아빠가 사줬던 게임기에는 강제로 껐다 켜는 리셋 버튼이 있었다. 처음에는 게임기가 갑자기 멈춰버린다거나 알 수 없는 오류가 났을 때에만 눌렀지만, 어느 순간부터 습관적으로 리셋 버튼을 눌렀다. 더 나은 기록을 남기고 싶어서, 전원 버튼을 눌러 끄고 켜는 것이 귀찮아서, 아니면 그냥 심심해서. 그렇게 마구 누르면 게임기가 고장 난다는 경고의 말에 잠깐 주춤했을지 몰라도 그때뿐이었다. 오래지 않아 게임기는 고장이 났다. 그리고 시간이 흘러 기억에서도 잊혔다.

나에게 자살 사고는 마치 고장 난 게임기의 리셋 버튼 같았다. 시작이 어려웠을 뿐, 자살 충동을 인정하고 나니 들불처럼 마음에 번졌다. 처음엔 아주 괴로울 때만 자살을 생각했지만, 조금씩 역치가 낮아졌다. 나는 더 쉽게, 더 자주 자살 충동을 느꼈다. 친구와 싸웠을 때, 엄마에게 원하는 대답을 듣지 못했을 때, 시험을 망쳤을 때…. 게임을 리셋하듯이, 내 삶도 다시 시작할 수 있다면 얼마나 좋을까. 빈번한 자살 사고는 나를 조금씩 병들게 만들었다. 괴로움을 견디고 스트레스를 조절하는 마음의 면역력이 점점 떨어졌다.

우울 삽화를 겪을 때는 하루에도 열두 번씩 자살을 생각했기에 누구나 종종, 혹은 살면서 적어도 한 번쯤은 자살 사고를 겪을 거라고 착각했다. 그래서 어느 날 친구 B가 자못 심각한 얼굴로 고민을 털어놓았을 때, 큰 충격을 받았다.

"내가 요즘 진로 때문에 고민이 많잖아. 그런데 매일 같은 고민만 하고 있으니까 사람이 우울해지더라고. 글쎄, 어제는 문득 이럴 바엔 죽고 싶다는 생각이 들었는데, 어찌나 소름이 끼치던지."

"그게 왜 소름끼쳐?"

"진지하게 자살을 고민해본 건 태어나 처음이었거든."

나는 B의 얼굴을 빤히 바라볼 뿐, 아무 말도 하지 못했다. 자살을 생각했다니, 그거 참 끔찍하구나. 네가 정말 고민이 많았구나, 힘들었겠다. 그런 위로의 말이 채 입 밖으로 나오지 않았다. 자살을 고민해본 적이 없다고? B의 말을 믿을 수가 없었다. 하지만 그의 표정은 진실했다. 자살 사고를 부끄러워하거나 숨기려는 기색도 없었다. B는 정말 살면서 한 번도 자살을 생각해본 적이 없었던 것 같았다.

그 뒤로 틈틈이 친구들을 만날 때마다 나는 자연스러운 척 질문을 던졌다. 살면서 힘들어서 자살을 생각해본 적 있어? 대부분은 한 번도 자살을 생각해본 적이 없었다고 답했고, 정말 힘들 때 자살 충동이 스쳤던 경우도 있지만 소스라치게 놀라며 떨쳐버렸다고 했다. 몇몇 친구들은 나의 질문을 기이하게 여겼다. 힘들어도 살아야지 죽긴 왜 죽어. 진심으로 의

아해하는 눈동자 너머 상처받은 내가 보였다. 열등감과 소외감이 동시에 찾아왔다. 그후로 나는 사람을 두 부류로 나눴다. 자살을 생각하는 사람과 생각해본 적 없는 사람.

자살 사고가 빈번해지면, 곧 자살 계획으로 이어졌다. 의과대학에서는 본과 3학년부터 병원 실습을 시작한다. 병동에는 응급 상황에서 사용할 염화칼륨 앰플과 주사기가 쌓여 있었다. 고용량의 염화칼륨을 투여하면 혈중 칼륨 농도가 증가하고, 이런 고칼륨혈증은 심실세동이나 심정지를 불러올 수 있다. 사형제가 유지되고 있는 일부 국가에서 사형을 집행할 때 쓰이는 약물이다. 병동을 오가며, 가끔은 앰플과 주사기가 들어 있는 수납장 앞에 우두커니 서서 스스로 염화칼륨을 주입하는 상상을 했다. 빠르고 고통 없는 죽음. 자살 계획을 세울 때는 이상하게 슬프지도, 감정적으로 고양된 상태도 아니었다. 철저히 무감각한 상태였다. 마치 최면이라도 걸린 것처럼, 염화칼륨을 주사하는 생각만 집요하게 떠올랐다. 가까스로 자살 계획을 멈추고 일상으로 돌아갈 때도 흠칫 놀라는 것과는 거리가 멀었다. 그보다는 집행의 보류, 혹은 귀찮음에 가까웠다. 팔을 뻗어 앰플과 주사기를 훔칠 용기가 나지 않았다. 병동의 모든 의약품과 의료기기는 간호사가 주기적으로 그 수를 철저하게 확인한다. 괜히 나 때문에 다른 사람한테 민폐를 끼칠지도 몰라. 나는 애써 무거운 발걸음을 돌렸다.

정신분석을 받으며, 엄마와의 애착 문제를 마침내 넘어섰다. 엄마가 인정하든 인정하지 않든 엄마가 언니나 남동생에 비해서 나를 차별했다고 느꼈고 그건 불행한 일이었지만, 그렇다고 해서 내가 사랑받을 자격이 없거나 부족한 사람이라는 의미는 결코 아니다. 그 사실을 깨닫고 나서 거짓말처럼 엄마와의 관계도 개선되었다. 엄마와 감정적 거리를 유지할 수 있게 되었고, 불필요한 말다툼에 에너지를 쏟지도 않았다. 서로 적당한 무관심을 유지할 수 있었고, 드디어 나는 엄마로부터 독립할 수 있었다.

그리고 모든 문제가 해결되었다고 생각했다. 이제 엄마와의 관계도 개선되었고, 엄마와의 애착 문제가 낮은 자존감과 우울의 원인이었으니까 자존감도 자연스럽게 높아질 것이고, 그럼 병적으로 우울할 일도 없을 것이며, 특히 자살 사고는 더 이상 느끼지 않을 것이다. 돌이켜보면 얼마나 큰 착각이었는지.

시간이 흘러 전공의 때, 나는 또 다시 빈번한 자살 사고에 시달렸다. 주 100시간 이상 일하며, 2~3일에 한 번씩 꼬박 밤을 새는 살인적인 근로 환경은 나를 우울하게 만들었다. 아침에 출근할 때, 당직을 설 때, 퇴근할 때, 이대로 사고가 나면 좋겠다, 죽지 않을 만큼 다쳐서 쉬고 싶다, 아니면 그냥 이대로 삶이 멈추면 좋겠다고 생각했다. 그때는 과로와 스트레스 때문이라고 애써 위로했다. 이 힘든 시절이 지나면 좋아지리라. 하지만 전문의 자격을 취득한 뒤에도, 그 이후에도, 자살 사고는 집요하게 이어졌다. 평안하다고 생각하다가도, 자살 사고는 마치 소나기처럼 생각지도 못한 순간에 나를 찾았다. 어떤 날은 펑펑 울면서 당장 손목을 긋고 싶을 만큼 생생했고, 어떤 날은 이대로 잠들었다가 다시 깨고 싶지 않다는 생각만 했을 정도로 차분했다.

양극성 장애와 자살 사고와의 관련성을 어렴풋하게 알고는 있었지만 병 자체를 인정하지 못했으므로, 양극성 장애를 치료하면 자살 사고가 줄어들 것이라고 연결 지을 수가 없었다. 그저 반사적으로 떠오르는 자살 사고가 너무 넌덜머리가 나서, 언제부턴가 나의 일부라고 체념했다. 이런 사람도 있고 저런 사람도 있듯이, 아마도 나는 자주 자살을 생각하는 사람인가 보다. 앞으로 자살 사고는 절대 없을 거라는 오만한 생각 따위는 하지 않기로 했다. 자살을 생각하는 나 자신을 비난하고 혐오하는 일도 멈추기로 했다. 나는 그걸 '있는 그대로의 나 자신을 사랑하는 성숙한 자세'라고 착각했고, 짐을 떠안고 사는 사람처럼 마음속 깊은 곳에 아무렇게나 내버려 두었다.

마지막 우울 삽화

수용

이 글을 쓰기 시작한 시점으로부터 약 3년 전 쯤, 마지막 우울 삽화를 겪었다. 다시 우울이라는 손님이 나를 찾아왔을 때, 비록 평소와 비슷한 모습이 아니었지만 한 눈에 '그'를 알아보았다. 코 끝을 스치는 바람이 서늘해지고, 땅거미가 내려앉은 황혼이 점점 길어진다고 느낄 즈음이었다. 님은 항상 날씨가 추워지는 초겨울즘에 나를 찾는다.

뼈에 사무치게 외로웠고, 손가락 하나 까딱하고 싶지 않았고, 만사에 신경질이 났다. 외로움을 달래려 술을 자주 마셨다. 짧았던 마지막 연애로부터 1년이 지나고 있었다. 거의 매일, 온갖 핑계를 찾아 술을 마셨다. 어제는 친구의 생일이니까, 오늘은 병원에서 유독 바쁘고 힘들었으니까. 기분이 좋아서든, 나빠서든, 한 잔으로 끝나는 법은 거의 없었다. 약속이 없는 날은 편의점 와인이라도 사서 혼자 청승을 떨었다. 어느 날부터 익숙하게 잠이 오지 않았다. 잠이 안 온다는 핑계로 술을 더 자주, 많이 마셨다. 하지만 술김에 겨우 잠들어도 1~2시간 뒤면 눈이 떠졌다. 알코올에 잠식당한 몸뚱이는 말을 듣지 않았다. 아픈 머리를 부여잡고 뜬눈으로 밤을 지새웠다. 도무지 다시 잠들 수 없었다.

무기력하게 침대에 누워 있으면 온갖 부정적, 염세적인 생각이 뇌를 잠식했다. 일상 생활이 고달프고, 하루하루가 너무 길고 공허하다. 세수를 하고, 양치를 하고, 밥을 먹는 사소한 행동도 힘들고 막막하다. 당장 내일 처리해야 하는 업무들이 버겁고, 기한 내에 도무지 해내지 못할 것 같다. 지금의 나는 아주 작은 스트레스에도 무너져버릴 것이다. 나 자신이 싫다. 너무 싫어서 차라리 다시 태어나고 싶다. 가족, 친구관계도 무의미하고 허무하다. 머리는 멍하고 늘 안개에 갇힌 것 같고, 외로움과 우울은 도무지 멈추지 않는다….

과장되고 왜곡된 비약이라는 건 잘 알고 있었다. 하지만 아무리 떨쳐내려고 해도 생각은 마치 올가미처럼 나를 붙잡고 늘어졌다. 발버둥 칠수록 꼬리에 꼬리를 물었다. 아침 해가 떠오를 때까지 스스로의 상념에 잠겨 허우적대다 보면, 나는 녹초가 되어버렸다. 겹겹이 물린 생각의 무게에 숨통이 막혔다. 이제 겨우 하루의 시작이 밝았을 뿐인데 그대로 하루를 끝내고 싶었다.

아, 또 시작이구나. 이번엔 물질 남용이랑 불면으로 찾아왔네. 가면을 써도, 옷을 갈아입어도 우울은 우울이었다. 2형 양극성 장애 환자의 영원한 친구. 그저 익숙해서 진절머리가 났다.

나 자신이 비겁하게 느껴지기도 했다. 누구도 나에게 그렇게까지 술을 마시라고 하지 않았다. 인간은 누구나 혼자다, 외로움에 취약하다는 것도 나약한 핑계 같았다. 자업자득이지, 이쯤 되면 스스로 우울을 유발한 게 아닌가? 양극성 장애를 부정하면서도 사실은 환자에 머무르고 싶은 게지. 내가 나를 비웃고 손가락질하는 소리가 북소리처럼 머릿속을 울렸다. 또 죽어버리고 싶어졌다.

그래도 나는 버텼다. 네가 아무리 추워봐라, 내가 옷 사 입나, 술 사 먹지. 나도 그랬다. 마주하고 싶지 않았다. 2형 양극성 장애의 우울 삽화인 줄도 알고, 병원에 가서 또 한동안 약을 먹으면 다시 정상으로 돌아온다는 것도 알지만, 그냥 지긋지긋해서라도 그렇게 하고 싶지 않았다.

그래서 한 달이 넘도록 알코올 중독자마냥 술만 마셨다. 나는 외향성과 내향성의 경계에 놓여 있는 사람이라 누군가를 만나는 것도 상당한 에너지를 요하는 일인데, 사돈의 팔촌까지 연락해서 약속을 잡았다. 외로움은 우울을 부채질한다. 우울해서 정말 아무것도 하고 싶지 않으면서도, 쓰러져 잠들고 싶으면서도 밤 늦은 시간까지 누군가와 웃고 떠들며 술을 마셨다. 나는 고기능 우울증 환자, 아니, 고기능 2형 양극성 장애 환자니까, 가까운 지인에게 내 상태를 숨기는 것은 식은 죽 먹기였다. 늘 그랬듯이 환자들에게 친절하고 최선을 다했고, 보호자들과 웃으며 담소를 나눴다. 몇 달이 흐르도록, 직장 동료와 가족을 비롯하여 오랜 친구들도 내가 매일 잠들지 못하고 자살 사고에 시달린다는 걸 눈치 채지 못했다.

버텨서 우울 삽화를 이겨낸 적이 없진 않았다. 운이 좋으면 바로 경조증으로 전환되어 갑자기 인생이 아름답기도 했다. 다만 약을 먹고 상담을 받았을 때보다 훨씬 더 오래, 더 구질구질하게, 더 심하게 괴로워했을 뿐. 이번에도 혼자 버텨내려 했다. 경조증을 기다리며. 어쩌면 이것도 마음의 면역력을 쌓는 과정일지도 몰라. 인간은 적응의 동물이야. 지난 번에 한 번 이겨냈으니, 이번에도 이겨내면 다음 번엔 좀 더 수월하게 이겨내지 않을까?

그리고 어느 날 아침, 눈을 떴을 때 사지에 쇳덩어리를 달아놓은 듯한 무력감을 느꼈다. 이불을 걷고 일어나 앉는 찰나가 영겁처럼 느껴졌다. 침대 밖으로 겨우 다리를 내딛고 서자마자 휘청, 몸이 크게 흔들렸다. 머리가 깨질 듯이 아프고 온몸이 두들겨 맞은 듯이 쑤셨다. 어지럽고 메스꺼웠다. 어제 마신 술 때문이 아닐까. 기어가다시피 하여 냉장고 문을 열고 잡히는 대로 입에 털어 넣었다. 알코올 중독자들에게 나타나는 베르니케 코시코프 증후군*은 아닐까, 망상 같은 두려움이 고개를 들었다. 그후로 며칠간 의식적으로 술을 한 모금도 마시지 않았다. 건강식으로 삼시 세끼를 챙겨먹고, 약속도 취소하고 집에서 쉬었다. 하지만 노력이 무색하게 온몸을 짓누르는 듯한 무게는 좋아지기는커녕 점점 더 무거워졌다. 드디어 어느 날, 이른 새벽에 눈을 떴을 때 포기하고 핸드폰을 찾아 병가를 냈다.

침대에 파묻힐 듯이 잠겨 생각했다. 님을 인정해주지 않으니 이렇게까지 얼굴을 들이미는구나. 스스로 몸을 더듬어가며 꼼꼼하게 신체검진을 했다. 딱히 이상 소견이 없었다. 증

* 알코올 섭취에 따른 비타민 B_1(티아민)의 섭취 부족으로 치매, 안구 운동 이상, 보행 장애를 일으키는 희귀한 뇌 질환.

상을 열거해봐도 하나의 질환으로 설명할 수 있는 뚜렷한 연관성이 없었다. 신체화 증상이었다. 분노나 불안 등의 심리 상태가 뇌 기능에 변화를 주어 나타나는 다양한 신체 증상. 나는 너무 우울해서 몸이 아팠다. 하루 종일 지속되는 무거운 두통, 멍함, 어지럼증, 메스꺼움, 소화불량, 근육통과 관절통, 모든 증상이 신체화 증상이었고, 곧 우울이었다. 그래도 버텨볼 심산이었다. 신체화 증상이라면 적어도 기질적 원인이 있는 것은 아니다. 괜찮아, 안 죽어. 스스로 되뇌었다.

신체화 증상에도 굴복하지 않자, 우울은 내 이성을 좀 먹기 시작했다. 어느 날 퇴근해서 집으로 돌아왔는데, 현관문이 열려 있었다. 잠금쇠가 삐쭉 튀어나와 문이 제대로 닫히지 않은 탓이었다. 일찌감치 독립해서 혼자 살고 있으니, 비밀번호를 아는 사람은 나뿐이다. 아마 급하게 출근하면서 안쪽 잠금 버튼을 잘못 누른 채 문을 닫은 것 같았다. 이유를 알겠는데도, 집 안으로 들어가지 못하고 한참 망설였다. 스토커가 있는 건 아닐까. 나를 오래동안 관찰하다가 집을 나서는 찰나 문을 잡아챈 걸지도 몰라. 집 안에 여전히 숨어 있으면 어쩌지. 들어가지 말고 경찰을 불러야 하나. 집으로 들어가자마자 부엌으로 달려가 식칼을 쥐었다. 칼을 든 채로 옷장까지 전부 열어본 다음에야 마음이 놓였다. 다행히 누가 들어온 흔적도, 없어진 물건도 없었다. 진정하고 나니 스스로도 괴이했다. 원래도 겁이 많긴 하지만 이 정도는 아닌데. 과도한 불안과 비약적 상상을 납득할 수 없었다.

그 일이 있은 뒤 혼자 집에 있을 때조차 감시당하는 기분이 들었다. 어쩌면 그날 누군가 집에 들어와 몰래 카메라를 설치한 건 아닐까. 실시간으로 나를 지켜보고 있을지도 몰라. 복도에 있는 CCTV를 해킹해서 비밀번호를 알아냈던 건 아닐까. 피해망상에 가깝다는 걸 너무 잘 알고 있었지만 하루에도 몇 번씩 이런 생각이 떠올랐다. 강박적인 사고를 멈출 수가 없었다.

우울은 정말 다양한 얼굴이 있었다. 어느 날 진료를 마치고 나서 환자와 보호자가 눈을 마주치고 웃었다.

'뭐야, 왜 웃어.'

스스로 당황할 정도로 격렬한, 반사적인 분노를 느꼈다. 나를 향해 웃은 것도 아닌데, 그들이 나를 비웃는 것처럼 보였다. 진료 과정 자체에는 전혀 문제가 없었다. 환자의 경과도 좋았고, 환자와 보호자 모두 나에게 상냥했고 처방을 잘 따랐다. 그날도 주기적인 추적 관찰일 뿐이었다. 갑작스런 분노가 당황스러워 반사적으로 세차게 고개를 흔들었다.

"선생님, 괜찮으세요?"

걱정스러운 보호자의 눈빛이 부담스러웠다. 맥락 없는 분노를 들켰을까. 아니면 내 생각을 읽었나. 어쩌면 저들이 내 생각을 들을 수 있을지도 몰라, 아예 생각을 하지 말아야겠다. 여기까지 생각이 미치자 온몸의 털이 곤두서는 기분이었다. 사고 전파였다. 한 사람의 생각이 다른 사람에게 들리거나 인지될 수 있다는 망상적인 사고. 정신건강의학과 전문의는 아니지만 조현병 환자에게 흔히 나타나는 증상 중에 하나라는 건 잘 알았다. 드디어 미쳐돌아가는구나, 식은 땀이 났다.

몸이 아픈 것보다도 머리가 고장나기 시작하니 장사 없더라. 너무 우울해서 사람이 미칠 수도 있다는 생각에 소름이 끼쳤다. 나의 지능, 이성, 판단과 사고 능력은 의사로서의 자질을 넘어 나라는 사람, 그 자체였다. 머리로 먹고 사는 사람인데 유일한 생존 수단, 아니, 나 자체가 사라질 수 있다고 생각하니 더 이상 버틸 재간이 없었다.

이제껏 끌어온 지식화와 부인의 과정을 스스로 깨뜨리면서 병 앞에 무릎을 꿇었다. 그래, 네가 이겼다. 치료받지 않으면 이런 우울감이, 신체화 증상이, 불안과 망상이 평생 쫓아다니겠지. 정상적인 삶을 누리지 못할 수도, 어쩌면 정말 자살로 생을 마감할 수도 있다. 병을 부정하고 증상을 외면하기에도 지쳤다. 상담을 받고 약을 먹는 편이 차라리 덜 괴롭겠다 싫었다.

수용의 순간에 느낀 감정은 의외로 해방감이었다. 너무 오랫동안 제멋대로 날뛰는 기분에 지쳐 있었고, 감정을 통제하려고 아등바등 움켜쥐려던 노력을 놔버리니까, 차라리 포기하니까 숨통이 트였다. 병원에 가고 약을 먹는 것처럼 차라리 내가 할 수 있는 것을 찾았다는 것에 안도감을 느꼈다. 치료를 받겠다는 결심이 즉각적인 호전이나 우울로부터 단숨에 벗어날 수 있음을 의미하진 않지만 최소한 지금보다는 좋아지겠지. 될 대로 돼라. 그렇게 생각하니 오랫동안 가슴을 짓누르던 무언가가 가벼워진 느낌이었다.

가장 빨리 진료를 볼 수 있는 집 근처 정신건강의학과를 찾았다. 정신건강의학과는 과의 특성상 의사와의 '궁합'이 중요하기에 주변 의사들에게 추천을 받는 편이지만 이번에는 그런 걸 잴 여유가 없었다. (그리고 훗날 이 의사가 나의 주치의가 된다. 운이 좋았다.)

"2형 양극성 장애를 앓고 있어요. 또 우울 삽화가 도진 것 같아요."

진료실에 들어서자마자 자포자기한 마음으로 나의 병을 '고백'했다. 30분 남짓한 첫 진료 동안 주치의는 간략한 병력과 현 상태를 파악한 뒤 기분안정제와 수면제를 처방해주었다.

"당분간 일주일에 한 번씩 봅시다. 잘 아시겠지만 약은 앞으로 꾸준히 먹어야 해요."

진료를 마치고 나와 처방받은 약을 멍하니 내려다보았다. 스물세 살, 처음 양극성 장애라 진단받았던 때로, 원점으로 돌아간 기분이었다. 하나도 달라지지 않았다. 진료실에 들어가길 주저했던 것까지, 첫 진단 때와 똑같았다. 근 10년을 인정하지 못하고 외면했다. 진단도 이미 받았고 꾸준한 관리라는 치료법을 알면서도 계속 도망쳤다. 아, 달라진 것이 있긴 했다. 그 사이 증상은 훨씬 나빠졌으니까.

살 것 같았다
자유롭고 싶었다

기분안정제와 수면제를 다시 먹기 시작한 지 삼 주쯤 지났을 때부터 심신이 훨씬 개운해졌다. 매일 여섯 시간 이상 중간에 깨지 않고 푹 잤고, 개운하게 일어났다. 온몸이 두들겨 맞은 듯 아팠던 신체화 증상과 불안, 망상도 사라지고, 우울과 집요했던 자살 사고도 사그라들었다. 살 것 같았다. 그러자 다시 익숙한 고민이 고개를 들었다.

약을 끊을까.

아침 약을 손바닥 위에 올려놓은 채 잠시 망설였다. 괜찮아졌으니 또 한동안 버틸 수 있는 여력이 생겼다. 도망가자. 병원에 전화해서 예약된 진료를 취소하자. 마음 한 구석에 숨겨놓은 미련이 나를 유혹했다.

십 년을 피해 다녔고, 민간요법으로 버텨보려 애썼지만 결국 붙잡혔다. 끝내 혼자 힘으로 병을 이겨내지 못했다는 열패감에 속이 아렸다. 이대로 약을 먹으면 '패배자'가 되는 것 같았다. 지금껏 해왔듯이 다 좋아졌다고 외면하고 싶었다.

하지만 두려웠다. 피해망상과 신경증적 불안은 이번에 처음 겪은 증상이었다. 양극성 장애가 재발할 때마다 주기는 더 빨라졌고, 증상은 더 나빠졌다. 이번에도 약을 끊으면 다음엔 망상이 더 심해질지도 모른다. 의사로서 진료를 할 수 없을 만큼.

벗어나고 싶기도 했다. 증상으로부터, 지긋지긋한 재발의 굴레로부터 자유롭고 싶었다. 늘 마음속 깊은 곳에서 치료받지 않고 도망치는 나 자신을 비겁하게 생각했고, 언젠가는 책임지는 모습을 보이고 싶었다. 2형 양극성 장애를 관리하려면 약물 치료는 반드시 필요했고, 효과는 확실했다. 몇 주 만에 우울도, 죽고 싶은 마음도 사그라들었다. 대체불가능한 치료법이라는 걸 사실 잘 알고 있었다. 우울을 피하고 싶어서 운동, 술, 수면제, 자존감 훈련, 수많은 방법을 시도해봤지만 그 어떤 것도 약물 치료만큼의 효과를 낼 수 없었다. 내가 환자라는 걸 인정하고, 약을 꾸준히 먹으면서 비로소 변화가 느껴지기 시작했다.

눈을 질끈 감고 약을 한입에 털어 넣었다.

3장

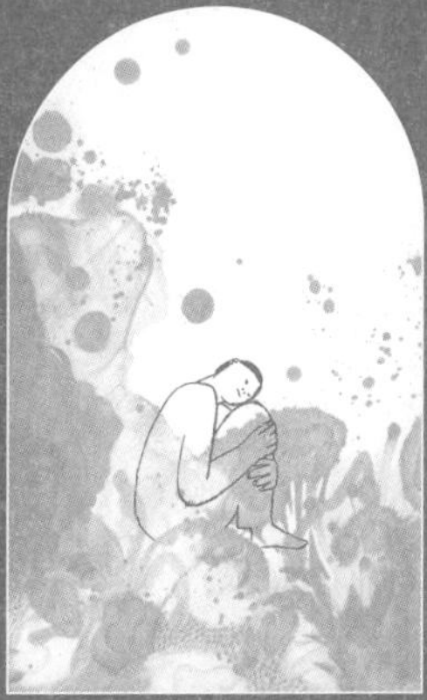

나는 2형 양극성 장애를 앓고 있다

낙인

감내해야 할 나의 몫

역지사지라는 말이 있다. 사람은 누구나 다른 사람의 입장에 처해봐야 그들을 이해할 수 있다. 의사도 마찬가지이다. 늘 가장 가까운 곳에서 환자들과 만나지만 본인이나 가족이 아프고 나면 환자를 바라보는 시선이 달라진다. 나도 그랬다. 2형 양극성 장애라는 진단을 받아들이고 나서야 환자들이 왜 그토록 정신질환을 앓고 있다는 걸 인정하기 꺼렸는지 이해할 수 있었다.

스스로 2형 양극성 장애를 앓고 있다는 사실을 인정하는 데만 십 년이 넘는 시간이 필요했다. 치료를 다시 시작하긴 했지만 우울 삽화로 인한 신체화 증상과 신경증적 불안 때문에 울며 겨자먹기 식으로 정신건강의학과를 찾은 터라, 여전히 내 앞에 놓인 진단명이 어색하고 불편했다. 막상 인정하고 보니 그건 아무것도 아니었다. 양극성 장애 환자로서 다른 사람들 앞에 당당히 서는 게 훨씬 더 어려웠다.

전혀 모르는 사람들은 오히려 상관없었다. 어차피 다시 볼 일 없거나 일로 얽혔을 뿐, 그들은 나에게도, 내 정신 건강에도 큰 관심이 없으니까. 나도 그들에게 관심 없듯이. 그러나 가족이나 연인에게까지 숨기는 것은 불가능했고, 양극성 장애 환자로서 그들 앞에 서는 건 정말이지 쉽지 않았다.

부모님께 내가 정신질환이 있다는 걸 말씀드리는 게 죄스러웠다. 당신들께서 자식을 잘못 키워 그렇다고 자책하실까 봐 두려웠다. 주기적으로 정신건강의학과에 다니고, 약을 먹는 것을 '불면증' 때문이라고 둘러댔다. 그나마 부모님께서 죄책감을 느끼지 않고 받아들이실 만한 병이었다. 의사라는 직업이 스트레스가 너무 심해서 그래. 안쓰럽게 쳐다보시는 부모님 앞에서 '불효자'가 되고 싶지 않았다. 치료를 다시 시작하고 한참 시간이 지난 뒤, 겨우 엄마에게만 털어놓았다. 그때 엄마의 첫 반응을 잊을 수가 없다.

"왜?"

정말 많은 의미가 함축되어 있는 말이었다. 네가 왜? 화목한 가정에서 사랑받으며 큰 네가 왜? 명문대를 우수한 성적으로 졸업하고 공인받은 의사인 네가 왜? 대인관계 원만하고 연애도 곧잘 하는 네가 왜? 도대체 네가 왜?

정신질환도 당뇨병이나 암처럼 특별한 이유 없이 걸리는 병이라고, 그냥 팔자라고, 아무리 설명해도 엄마는 이해하지 못했다. 겨우 당신 딸이 정신질환을 앓고 있다는 사실을 인정하고 나서도, 정신질환자들에게 해선 안 될 말들을 하나도 빠짐없이 다 하셨다. 그래, 요즘 정신과 다니는 거 흠도 아니라더라. 잘 치료하면 되지. 정신력으로 이겨내야지. 네가 너무 스트레스 받아서 그런가 보다. 시간 지나면 좋아질 거야. 정신과 약 계속 먹으면 몸에 안 좋은 거 아니니? 아무한테도 말하지 마라, 특히 남자친구한테 말하지 마라, 결혼 안 한다 할라.

엄마는 이후에도 지속적으로 내 상태를 축소하려 애썼다. 수십 번 설명해도 마치 처음 듣는 듯한 반응을 보이기도 하고("네가 왜 정신과를 가? 뭐? 2형 양극성 장애? 그게 뭐야?"), 앞으로 지속적으로 관리해야 하는 만성질환이라는 것도 도통 이해하질 못했다. ("약 계속 먹어야 해? 왜? 요즘은 괜찮잖아?")

나는 거듭되는 설명에 지쳤고, 양극성 장애를 언급할 때마다 보이는 엄마의 반응이 지난 십 년간 인정하지 못하고 도망쳤던 나의 모습과 닮았다는 사실을 깨달았다. 스스로도 그렇게 오래 걸렸는데, 엄마가 단번에 내 상태를 이해해주길 바라는 건 이기심이라는 것도. 어느 순간부터 나의 병은 자연스럽게 대화 주제에서 사라졌다.

진심으로 나를 사랑해주는 가족마저 정신질환자에 대한 전형적인 편견에서 벗어나지 못한다는 걸 깨닫고, 자신감을 잃었다. 스스로도 인정하기까지 십 년이 넘게 걸렸고, 가족조차 이해해주지 못하는 질환. 과연 누가 나를 이해해줄 수 있을까. 나는 하염없이 움츠러들었다.

연인도 예외는 아니었다. 사귄 지 얼마 되지 않았을 때, 취기를 빌려 펑펑 울면서 내 병에 대해 털어놓았다. 이런 내가 싫다면 헤어지자고 해도 이해하겠다며. 당시 연인은 당황했지만 우는 나를 안아 달래주면서 괜찮다고 했다. 요즘 정신건강의학과 안 다니는 현대인이 어딨냐며. 그의 넓은 이해심에 새삼 반했고, 진심으로 고마웠다.

하지만 관계가 깊어지면서 그는 불안해했다. 본인의 부모님께서 이해하기 어려우실 테니 굳이 말씀드리지 말자는 말에는 나도 동의했다. 자식에게 유전되는 게 아니냐는 질문에도 걱정할 수 있겠거니, 차근차근 설명해주었다. 그러나 그 역시도 내 상태가 지속적인 치료를 필요로 한다는 것은 이해하지 못했다. 스트레스와 불면이 대표적인 악화 요인이므로 적극적으로 관리해야 한다는 것도, 꾸준히 약을 먹어야 한다는 것도, 과로를 유발하는 상황을 적극적으로 피해야 한다는 것도, 모두 내가 유난스럽다고 여겼다. 인내심을 가지고 내 상태에 대해서, 악화 요인과 증상(주로 우울과 자살 사고)에 대해서 설명했지만 돌아오는 대답은 '왜 닥치지도 않은 일을 미리 걱정하니', '그때 가서 약을 더 먹으면 되잖아'였다. 그 즈음에 그와 헤어졌고, 나는 설득을 포기했다. 가족도, 내 연인도. 내 상태를 100퍼센트 이해할 사람은 나밖에 없으며, 그나마 편견 없이 나에게 도움을 줄 수 있는 사람은 주치의뿐이다. 상당한 금액의 진료비를 받는 사람.

그 흔한 여행자 보험을 가입할 때조차 나는 주춤했다. 대부분의 보험사는, 과거력을 정확하게 제공하지 않을 경우 보상을 받지 못할 수도 있다는 조항을 계약서에 명시하고 있다.

"당신이 정신질환을 앓고 있다는 정보를 보험 회사는 알 수도 없고, 정신질환 때문에 보험 가입을 하지 못하게 하는 건 명백한 차별이에요. 보험사는 그럴 수 없어요."

의사 생활하면서 정신질환을 앓고 있다는 사실을 인정하기 꺼리던 수많은 환자들에게 입버릇처럼 해주던 말이었다. 막상 내가 당사자가 되니, 그저 공허한 울림에 불과하단 걸 깨달았다. 정작 나는 여행자 보험 하나 가입하면서도, 이 기록이 두고두고 남아 나중에 다른 보험을, 심지어 다른 회사의 보험을 가입할 때 불이익을 당할까 봐 망설였다. 세상에 비밀은 없다. 모니터 앞에서 한참 중얼거리다 결국 창을 껐다. 여행 가서 좀 더 조심하지 뭐. 여행자 보험 없다고 뭔 일 나겠어. 결국 보험에 가입하지 않았다. 아니, 못했다.

감기 따위로 병원에 가서 진료를 볼 때, 과거력을 묻는 질문에 자연스럽게 2형 양극성 장애에 대해서 언급하지 않았다. 대세에 영향을 미치지 않으니까. 지금 내가 불편한 증상과 관련이 없으니까. 원래 정신건강의학과 의사들 아니면 과거력 체크할 때 정신질환은 신경 안 쓰니까. 핑계는 다양했다. 사실은 그들에게 정신질환자로 각인되고 싶지 않았다. 내가 호소하는 모호한 증상이 '정신적인 것'이라는 말을 들을까 두려웠다.(일부 의사들이 아무리 검사해도 원인을 찾을 수 없을 때, 환자들에게 흔히 하는 말이다.)

원래 먹던 기분안정제와 이비인후과에서 새로 처방받은 비염 약이 예상치 못한 상호작용을 일으켜 온몸에 발진이 났을 때도, 나는 이비인후과에 들르지 않고 비염 약을 끊었다. 귀찮은 질문에 휘말리고 싶지 않았다. 밤새도록 가려움증에 잠들지 못하고 온몸을 벅벅 긁었다. 샤워 후 맨몸으로 거울 앞에 서서, 내가 의사라 그나마 다행이라 생각했다. 이런 돌발 상황에서도 2형 양극성 장애에 대해서 털어놓지 않고 스스로 해결할 수 있으니.

무엇보다 결정적으로 의사로서 나의 자질을 의심받을까 두려웠다. 사실 이게 가장 두려웠다. 나는 의사라는 직업을 좋아한다. 타고난 워커홀릭이며, 환자, 보호자와 마주하는 것을 즐긴다. 일반적으로 내가 그들을 치료해주는 입장이지만, 동시에 그들을 통해 나도 마음의 치유를 얻을 때가 많다. 병 때문에 내가 좋아하는 일을 더 이상 할 수 없을 수도 있다는 것은 엄청난 공포로 다가왔다. 의료법에는 의료인 면허결격사유 중 정신질환이 있다. 2007년 개정되어 '단, 전문의가 보건의료 임무를 수행하는 것이 의료인으로서 적합하다고 인정하는 사람은 그러하지 않는다'는 단서조항이 생기긴 했다. 전문의의 검진을 통해 문제가 없다고 판정된 경우에는 면허를 유지할 수 있다는 것이다. 나의 경우 2형 양극성 장애가 재발할 때도 인지 기능이나 판단 능력에는 문제가 없었고, 주치의도 내가 환자를 진료하는 데는 아무런 문제가 없다는 것에 의견을 같이했다. 그러나 이런 내용을 매번 구구절절 설명할 수도, 목에 팻말을 걸고 진료할 수도 없는 일이다. 당장 어떤 환자, 보호자가 "전 정신질환이 있지만, 당신이나 당신 가족을 진료하는 데는 문제가 없습니다"라고 말하는 의사를 100퍼센트 신뢰할 수 있을까. 이상은 이상일 뿐, 현실은 다르다.

이제 나는 환자들에게 정신질환을 인정하라고, 반드시 치료받아야 한다고 굳이 권하지 않는다. 물론 꾸준한 상담과 약물 치료만큼 효과적인 치료는 없지만, 직접 겪어보니 정신질환자로서 그들이 감내해야 하는 상황이 정말 '거지 같다'는 걸 너무 잘 알겠기에. 대신 이렇게 말한다.

"사회적 낙인이나 편견 때문에 생길 손해보다 치료받는 이익이 더 크면, 가세요."

우리 사회가 갑자기 정신질환자에 대한 낙인과 차별이 존재하지 않는 사회가 될 수는 없다. 어느 정도는 현실을 인정하고 감내해야 했다. 징징거려봤자 바뀌는 건 없다. 기왕 양극성 장애로 치료를 받기로 했다면, 그에 수반하는 부작용도 오롯이 내가 감당해야 하는 것이라 수긍했다. 그 편이 더 쉬웠다. 어차피 양극성 장애를 안고 하루하루를 살아가야 하는데, 매 순간마다 두려움을 느끼며 살 순 없으니까. 차라리 낙인의 존재를 인정하고 어쩔 수 없는 일이라 치부하고 나니 무덤덤해질 수 있었다. 나만의 원칙도 세웠다. 가족이나 결혼을 전제로 깊이 만나는 연인에게만 조심스럽게 털어놓되, 자주 언급하지는 않는다. 직장 동료들과 환자, 보호자에게는 절대 알리지 않는다.

나의 경우 치료받을 때의 이득이 훨씬 컸다. 결과적으로 반복되는 경조증과 우울 삽화, 자살 사고로부터 해방되었으니까. 나는 양극성 장애를 인정하고 앞으로도 꾸준히 치료를 받기로 결정했다. 그렇다고 해서 내가 갑자기 정신건강의학과 예찬론자가 된 것은 아니다. 어디까지나 선택은 개인의 몫이다.

결국 내 인생은 내가 사는 것, 어느 누구도 대신 책임져줄 순 없다.

폭풍의 언덕

다섯 번의 경조증과 일곱 번의 우울 삽화

"지금까지 겪었던 경조증과 우울 삽화를 날짜별로 기록해 보세요."

진료를 받기 시작하고 얼마 되지 않았을 때, 주치의가 나에게 숙제를 하나 주었다. 일부러 줄이거나 늘리면 안 돼요. 진료실을 나서는 등 뒤로 그가 다정한 당부를 곁들였다. 병원에서 나와 집으로 바로 돌아가지 않고 근처 카페에 앉았다. 어차피 거쳐야 하는 과정이라면 빨리 해치우고 싶었다. 나는 모범생이니까.

나름의 기준을 정하고 지난 십 년을 회고했다. 기이할 정도로 기분이 들뜨고 활력이 넘쳤다면 경조증, 일상생활이 불가능할 만큼 우울하고 힘들었다면 우울 삽화. 첫 경조증은 잘 기억나지 않았지만 첫 우울 삽화를 기억하는 건 쉬웠다. 첫사랑에 실패하고 겪었던 혹독한 열병, 그때가 첫 번째 우울 삽화였다. 물론 고등학생 때도 수차례 우울을 경험했던 것 같지만, 그땐 적어도 일상에 심각한 영향을 끼치지는 않았으니까. 이젠 진짜 괜찮아졌구나. 그땐 정말 죽고 싶었는데. 씁쓸함과 스스로에 대한 대견함을 동시에 느꼈다. 상처는 이미 다 아물었지만, 굳이 복기하자니 괜시리 심장이 아렸다.

2009년 가을, 우울 삽화, 지속기간 3개월
2011년 여름, 경조증, 지속기간 1개월
겨울, 우울 삽화, 지속기간 2개월
2012년 겨울, 우울 삽화, 지속기간 3개월
2013년 여름, 우울 삽화, 지속기간 2개월 뒤 갑자기
경조증 전환, 지속기간 1개월
2014년 겨울, 경조증, 지속기간 1개월
2015년 여름, 경조증, 지속기간 1개월
겨울, 우울 삽화, 지속기간 3개월
2016년 가을, 우울 삽화, 지속기간 3개월
2017년 여름, 경조증, 지속기간 1개월

겨울, 우울 삽화, 지속기간 3개월

적고 보니 에피소드가 많았다. 내가 기억하는 것보다 훨씬 더. 짧으면 반 년, 길면 일 년 반 주기로 경조증이나 우울 삽화가 찾아왔다. 경조증은 짧았고, 우울 삽화는 길었다. 경조증만 올 때도 있었고, 둘 중 한 삽화를 먼저 겪은 뒤 인식하지 못한 채 다른 삽화로 전환되기도 했다. 주로 여름엔 들떠 있었고, 겨울엔 우울했다. 치료받지 않은 기간이 길어지면서 재발의 주기도 짧아졌다. 경조증이든, 우울이든, 더 빨리 나를 찾아와 더 오래 머물렀다.

내 손으로 적었는데도 메모지 위 필적이 다른 사람의 것처럼 이질적으로 느껴졌다. 반사적으로 부정하고 싶었다.

어쩌면 전공의 때는 내 생각만큼 심각하지 않았을지도 몰라. 이십 대 중반이면 체력도 좋았을 때니까, 에너지가 넘쳤다고 해서 꼭 경조증이었을까? 그저 버틸 만했던 게 아닐까. 비정상적인 수준은 아니었을 거야.

아니, 이틀에 한 번씩 밤을 새고, 과로에 시달리면서도 항상 즐겁고 신나 있었잖아. 당직이 아닌 날에도 휴식을 취하기는커녕 격한 운동을 하거나 밤늦게까지 술을 마셨지. 이십 대의 체력을 감안하더라도 결코 정상은 아니었어.

겨울마다 우울하다 생각했던 것도, 비인간적인 근로 환경에서 일 년이나 일했으니 지친 게 당연한 거 아닐까? 그때 잠도 못 자고 주 100시간 넘게 일하느라 힘들어서 그랬던 거지.

아니, 그때도 병적으로 우울했어. 매일 눈 뜨자마자 '죽고 싶다'고 생각했잖아. 심지어 여름엔 그토록 기운이 넘쳤는데 겨울엔 왜 이렇게 진이 빠져버린 걸까 이해가 되지 않는다며 썼던 일기도 있어.

머릿속에서 천사와 악마가 싸우는 것 같았다. 어느 목소리가 천사인지 구분은 할 수 없었지만. 한참 동안 스스로를 설득하려다 포기했다. 한숨을 쉬고 볼펜을 내려놓았다. 그래, 거짓말을 하지는 말자. 부인하고 싶지만 다섯 번의 경조증과 일곱 번의 우울 삽화(기억나지 않는 경조증과 청소년기의 우울 삽화를 더하면 훨씬 더 많을 것이다), 그만큼이 바로 내 '성적표'였다.

"기분이 어땠어요?"

다음 진료 때, 주치의에게 '성적표'를 건넸다. 메모를 찬찬히 읽어본 그가 고개를 끄덕이며 내게 물었다.

"별로였어요."

"왜요?"

"적고 보니 너무 많더라고요. 진짜 빼도 박도 못하는 양극성 장애구나 싶어서…."

병을 받아들이긴 했지만, 아직 쉽지는 않았다. 여전히 내가 정신질환을 앓고 있다는 사실을 부정하고 싶었고, 특히 그렇게 심하다고 믿고 싶지 않았다. 기왕 인정해야 한다면, 증상이 경미한 축에 끼고 싶었다. 잦은 재발이 양극성 장애의 심각성과 비례하는 것 같아 불안했다. 말끝을 흐리는 나를 보며, 주치의가 물었다.

"스스로가 안쓰럽지는 않았어요?"

예상 외의 질문이었다. 의아하다는 듯한 내 표정에 그가 덧붙였다.

"전공의 때 진짜 힘들잖아요. 잠도 못 자고, 밥도 못 먹고…. 그 와중에 경조증 겪어, 우울 삽화 겪어, 난 조울씨가 너무 힘들었을 거 같아요."

"…."

절로 고개가 끄덕여졌다. 맞는 말이었다. 내가 아닌 제3자가 겪었다고 생각하면 참으로 가혹한 시련이었다. 주치의가 말하기 전엔 왜 깨닫지 못했을까. 다시 메모를 내려다보니 지금까지 견딘 게 용했다. 참 미련하기도 했다. 전공의 시절, 혼자서 그렇게 많이 울고, 몇 년을 자살 사고로 괴로워했으면서

용케 치료 한 번 안 받고 버텼다. 불면증으로 수면제는 처방받아 먹으면서도, 기분을 돌봐줄 마음은 들지 않았다. 돌이켜보면 스스로에게 참 모질었다. 아니, 지금도 모질다. 그렇게 힘들었는데 이제는 왜 그렇게 자주 아팠냐며 자책하고 있으니. 주치의가 다시 물었다.

“지금 그때를 생각하면 어떤 감정이 들어요?”

단박에 떠오른 것은 찰나의 이미지였다. 깊은 밤 불 꺼진 당직실에서 숨죽여 울던, 웅크린 나의 등. 밤새도록 병동에서 오는 전화와 자살 사고에 동시에 시달리던 시절. 울컥, 자기연민에 눈물이 솟았지만 애써 억눌렀다. 이제 와서 나에게 그럴 자격은 없다고 생각했다. 그때도 지금도 나는 가장 앞장서서 나를 비난했다. 전공의 과정이 아무리 힘들다고 한들, 남들도 다 거치는 과정인데 왜 나만 유난스럽게 받아들이는 것 같지? 왜 나만 이 과정에서 잠을 못 자지? 왜 나만 우울한 것 같지? 나약해서 그래. 나는 자존감이 낮고 무슨 짓을 해도 오르지 않는다. 어쩔 수 없이 평생 우울에 시달릴 것이다. 이번 생은 망했다. 유난히 잠이 오지 않는 밤, 몇 번 곱씹고 나면 근거도 없는 자기 비난과 부정적인 생각은 어느 새 사실이 되어 있었다. 그리고 그 짓을 몇 년 했더니, 어느 순간부터 나는 ‘아무리 애써도 끊임없이 우울해지고, 그런 스스로를 혐오하는 사람'이 되어 있었다. 그런 사람이 무슨 자격으로 스스로를 가엽게 여길 수 있을까. 가까스로 입을 열었다.

"괴로워요. 힘든데 힘들다고 말하지도 못하고, 그렇게 말하면 나만 너무 나약한 것 같고."

애써 감정을 누르며 덤덤하게 말했지만, 표정에 이도 저도 못하는 괴로움이 묻어났는지 주치의가 다시 말을 이었다.

"애쓴 거 맞아요. 조울씨 정말 힘들었어요. 그래도 자책하지 마요. 이번엔 이렇게 치료받으러 왔잖아요. 그게 중요하죠."

주치의는 자기 비하를 멈추라고 설득하지 않았다. 대신 끊임없이 스스로 꾹 삼켜왔던 감정과 생각을 물어보고, 왜곡되거나 비약된 지점을 짚어주고, 다정하지만 단호한 말투로 하나하나 반박해주었다. 재반박할 말을 찾지 못할 때까지 몇 번이고 반복해서.

"왜 나만 그렇게 우울했을까요, 힘든 건 동기들도 마찬가지였는데."

"사람마다 역치가 달라요. 그리고 동료들 중에 힘들어하는 사람이 정말 없었을까요? 조울씨만 이런 우울을 겪은 건 아니었을 거예요. 사람들은 단지 다른 사람에게 자기 증상을 이야기하지 않을 뿐이에요."

"왜 하필 이런 병에 걸렸을까요."

"조울씨도 의사잖아요, 암 환자들이 왜 자기가 암에 걸렸냐고 물으면 그냥 운이 나쁜 거라고 하죠. 마찬가지예요. 조울씨도 그냥 운이 나빠서 걸린 거예요. 남들보다 나약해서 그런 게 아니에요."

주치의는 그동안 나조차도 해주지 못했던, 나를 위한 변호를 해주었다. 명료하고 따뜻한 말은 다른 어떤 말보다 큰 위로가 되었다. 그토록 스스로에게 듣고 싶었던 말을 제3자의 입을 통해 굳이 듣고 나서야 면죄부를 얻은 기분이었다. 너무 간지럽지 않아서 더 좋았다. 나의 투병기를 영웅적으로 포장하고 싶지 않았다. 그럴수록 내 상태가 극적인 것처럼 느껴져서 거북했다. 어차피 인정해야 한다면 그저 있는 그대로, 감정의 군더더기 없이 받아들이고 싶었다.

우울이 한창 심할 때는 일주일에 한 번씩, 안정된 후에는 2주일에 한 번씩 상담을 받았다. 왜곡된 인지를 바로잡기 위해서는 생각보다 긴 시간이 필요했다. 어떤 날은 어른스럽고 담담했다가 또 어떤 날은 요동치는 감정에 어쩔 줄 몰랐다. 이제는 달라질 거라고 자신감에 차서 확신하기도 하고, 왜 하필 이런 '빌어먹을' 병에 걸렸는지 잠이 오지 않도록 분하기도 했다. 일이 바빠서 1~2주에 한 번 정신건강의학과를 찾는 것 외에 내 정신건강에 대해서 깊이 생각할 여유가 없는 날도, 약속이 없는 어느 주말 거실 바닥에 앉아 애꿎은 약 봉투만 노려보며 곱씹는 날도 있었다.

감정은 마치 진자처럼, 건강한 병식과 내려놓고 싶은 마음 사이를 오갔다. 처음엔 한 쪽의 끝에서 다른 한 쪽의 끝으로 양극단을 넘나들었다. 마치 지난 십 년간 내가 경조증과 우울삽화, 고양된 에너지와 바닥치는 감정 사이에서 방황했듯이. 하지만 시간은 치유의 힘이 있었고, 인간은 적응의 동물이었다. 꾸준히 정신건강의학과를 찾으며 상담을 받고 약을 먹는 수용의 시간이 쌓이고, 감정의 구심력도 약해졌다. 진자 운동의 진폭도 시나브로 줄어들었다.

약

다가감정(多價感情)

다시 정신건강의학과 약을 처방받았을 때 나는 거부감을 느꼈고, 한편으로는 두려웠다. 손바닥에 놓인 하얀 알약을 내려다보며, 골리앗 앞에 선 다윗이 된 기분이었다. 그대로 손을 털어 약을 바닥에 버리고, 마치 나와는 관계없는 듯 자리를 뜨고 싶은 열망을 느꼈다.

약을 받아들자마자 느꼈던 거부감은 곧 부인하고 싶은 마음이었다. 정신건강의학과 약은 객관적 평가, 성적표나 다름없었다. 당신은 양극성 장애를 앓고 있으며, 약을 먹어야 할 정도로 심각합니다. 약은 내 상태가 이 정도로 심각하다는 걸

강제로 인식하게, 받아들이게 만들었다. 양극성 장애 자체는 물론이요, 증상의 심각성을 부인하고 싶은 만큼 약에 대한 거부감도 컸다. 약을 삼킬 때마다 나에게 '정신질환자'라는 꼬리표가 붙는 기분이었다.

환자들에게 약을 처방하면서 '약을 잘 먹는 게 중요하다, 부담 느끼지 말고 하루 한 번 먹는 비타민이라 생각해라' 하고 입버릇처럼 말했다. 한 번 시작하면 약을 계속 먹어야 하는게 아니냐며 주저하는 환자들이 자못 미련하게 보이기도 했다. 고작 약 한 알 먹는 걸로 엄살이냐며 으름장을 놓기도 했었지. 내가 환자, 특히 정신질환자가 되어 약을 처방받고 나서야 그들이 '환자 꼬리표'를 달고 싶지 않았던 심정을 비로소 이해할 수 있었다.

낙인에 대한 공포도 나를 움츠러들게 만들었다. 병원을 나설 때마다 아는 사람을 마주치진 않을까, 약 봉투를 보고 진단명을 눈치 채진 않을까 두려웠다. 내가 기분안정제로 처방받은 약은 비정형 항정신병 약물로, 조현병에서도 쓰는 약이었기에 자칫하면 양극성 장애가 아니라 조현병 환자로 오인받을 수도 있었다. 거기까지 생각이 미치자 절로 식은땀이 났다.

그래서 병원에서 약을 받은 뒤 항상 약 봉투를 대기실 안 쓰레기통에 버렸다. 약 봉지를 둘둘 말아 가방 속 깊이 넣은 뒤에야 병원 문을 나섰고, 돌아와서는 침대 옆 협탁 서랍의 가장 깊숙한 곳에 두었다. 가족이나 집에 오는 손님도 웬만해서는 협탁 서랍처럼 사적인 공간까지는 들여다보지 않으니 들킬 가능성이 적을 것이라 생각했다. 자리끼를 떠두고 아침에 눈 뜨자마자 약을 먹고 집을 나섰기에 가족들도 오랜 기간 내가 약을 먹는다는 걸 눈치 채지 못했다. 친구와 여행을 가거나 출장을 떠나는 경우에는 시간을 바꿔 취침 전에 약을 먹었고, 무슨 약이냐 묻는 질문에는 비염 약이나 수면제라고 둘러댔다.

그 밖에 약에 대해 느끼는 감정 중 대부분은 불안이었다. 불안의 대상도 다양했다. 일단 부작용이 두려웠다. 처음 수면제를 먹은 뒤에는 다음 날 눈꺼풀을 들어올릴 수 없을 정도로 졸렸다. 거의 일주일은 비몽사몽한 채로 다녔던 것 같다. 그 외에도 가벼운, 하지만 무시할 순 없는 두통과 멍해짐에 시달렸고, 불면증이 심했던 시기에 노인 환자의 섬망 치료제로 쓰이는 쿼티아핀을 소량 먹은 다음 날에는 하루 종일 공황장애 같은 불안에 시달렸다.

약에 중독될까 봐 두렵기도 했다. 특히 수면제에 대한 심리적 의존이 강했다. 수면제를 먹으면서 내가 중독에 취약한 사람이란 걸 알았다. 수면제를 오랜 기간 복용하다가 줄이거나 끊었을 때 신체적 금단 현상은 없었지만 번번이 '잠들 수 없을 것 같다'는 불안감, 초조함이 나타나 약을 다시 찾곤 했다. 전공의 시절, 이미 시간은 늦었는데 눈은 더 말똥말똥해지고, 다음 날 당직을 생각하면 오늘 최소한 6시간은 자야 할 텐데 지금 잠들어도 2~3시간밖에 못 잔다는 사실을 깨달을 때면, 숨이 멎을 듯이 공포스러웠다. 제대로 자지 못하고 당직을 설 때 몸이 얼마나 힘든지 체득한 탓이었다. 어느 순간부터 나는 파블로프의 개처럼 불면을 극심한 피로와 스트레스의 예고편으로 인식했고, 잠들지 못하면 심한 불안을 느꼈다. 결국 몇 시간 동안 시달리다가 이틀, 사흘 치 약을 한입에 털어 넣고 나서야 겨우 잠들 수 있었다.

시간이 흐르고 약에 익숙해졌다는 오만함이 자리잡은 뒤에는 내가 하는 짓(술과 함께 수면제를 먹거나 며칠 치 약을 한꺼번에 복용)이 약물 오남용이라는 걸 잘 알았고, 호흡 억제나 부정맥으로 사망할 수 있다는 걸 알면서도 멈추지 못하는 내가 두려웠다. 취기에 약을 털어넣은 다음 날 아침, 매번 약 기운에 물에 젖은 솜처럼 늘어져 자괴감, 무력감, 죄책감, 수치심의 심연으로 무한히 추락하는 나를 느꼈다. 불안은 암흑 속 검은 개처럼 약을 끊은 뒤에도 끈질기게 나를 물고 늘어졌다.

약물 치료에 익숙해지는 건 별다른 왕도가 없었다. 싫어도 꾸역꾸역 해야 하는 일에 가까웠다. 나는 약을 먹는 행위를 나에 대한 투자, 자기 관리의 일환이라고 자위했다. 되도록이면 아무 생각을 하지 않으려고 했다. 곱씹으면 곱씹을수록 쓸데없는 생각으로 이어지니까. 매일 규칙적으로 주치의가 처방해준 약을 먹었다. 때론 기계적으로, 때론 스스로를 달래가면서.

수면제 의존과 오남용에 대해서 솔직하게 털어놓은 뒤에도, 주치의는 수면제를 처방해주었다. 의외였다. 그는 오히려 넉넉하게 수면제를 처방해주면서 덧붙였다.

"충분히 숙면을 취한 경험이 쌓여야 조울씨가 느끼는 불안이 사그라들 거예요."

하루에 반드시 한 알만 먹으라는 당부도 하지 않았다. 정량을 먹고도 30분 내에 잠이 오지 않으면 더 먹으라며 비상약까지 챙겨주었다. 나에 대한 신뢰가 반갑고 고마우면서도 괜히 불안했다.

"약을 계속 먹다가 끊었을 때 다시 잘 못 자면 어떡하죠?"

"충분히 잘 자고 나면 조금씩 줄여서 끊을 수 있어요."

"충분히 잘 잤는지는 어떻게 알 수 있죠?"

그토록 원하던 수면제를 손에 받아들고도 질문을 멈추지

않는 나를 보며, 주치의가 웃어 보였다.

"일단 먹으면서 좀 지켜봐요."

그가 내건 조건은 단 하나였다. 당분간 술은 먹지 말 것. 금주가 결코 쉽진 않았지만 그래도 노력했다. 나는 말 잘 듣는 모범생이니까. 마음먹기가 어렵지, 한번 마음을 먹고 나니 스스로 독하다 싶을 만큼 술을 입에도 대지 않았다. 술을 마실까 봐 저녁 약속을 되도록 잡지 않았고, 부득이하게 나간 자리에서는 몸이 좋지 않아 술을 마실 수 없다고 사전에 쐐기를 박았다. 사실 갓 우울이 재발했을 땐 신체화 증상이 무서워서 목구멍에서 넘어가지 않았고, 이후엔 잘 자고 싶다는 욕구가 너무 커서 자연스럽게 마시지 않게 되었다. 그만큼 불면이, 다음 날의 피로가 지긋지긋했다. 수면제는 하루 한 알만 먹었고, 아주 가끔 비상약을 더 먹을 때면 기록해뒀다가 다음 진료 때 주치의에게 '보고'했다. 결과적으로 주치의의 말이 맞았다. 올바른 처방대로 수면제를 먹기 시작하면서, 그리고 적절한 약물 사용과 숙면이 경험으로 쌓이자 비로소 불면에 대한 불안이 사그라들었다. 몇 달 뒤부터 수면제에 대한 의존도 줄어들었다.

상담 때마다 약에 대해 느끼는 불만과 감정에 대해서 주치의에게 시시콜콜 털어놓았다. 우습지만 살짝 복수하는 마음이 들었다. 굳이 알리고 싶었다. 당신이 시킨 대로 약을 먹고는 있지만 내가 이 정도로 불편함을 겪고 있다는 걸 당신이 알았으면 좋겠습니다. 모든 상담이 그렇듯, 솔직하게 말하는 것만으로도 환기의 효과가 있었다. 갑자기 약물 치료에 대한 부정적인 감정이 사그라드는 것은 아니었지만 한참 투덜거리고 나면 또 언제 그랬냐는 듯 아무 생각 없이 약을 먹을 수 있었다. 다만 고작 약 한 알에 인간이 이렇게나 많은 감정을 느낄 수 있다는 걸, 환자가 아닌 의사일 때는 전혀 몰랐다. 약에 대한 불안을 호소하는 환자들에게 내비쳤던 지난날 나의 무심함이 부끄럽다.

일상화

변화

"경조증 상태가 그립나요?"

어느 날 주치의가 물었을 때, 나는 격하게 고개를 끄덕였다. 어떻게 그립지 않겠는가. 무한한 체력과 에너지, 자신감이 넘치고 행복한 그 나날이. 사실 아직도 가끔 그립다. 특히 글을 쓰면서 더욱 그랬다. 경조증 상태의 나는 끊임없이 영감이 떠오르고, 지친 기색도 없이 글을 쓴다. 글쓰기는 나의 유일한 예술적 취미이다. 경조증 상태일 땐 틈이 날 때마다, 아니, 사실은 잠도 자지 않고 글을 썼다. 글을 쓰면서는 계속 카페인이나 술을 마셨고, 한껏 고양된 상태에서 키보드를 두들겼으며, 결과물에 취해 있었다. 가끔은 손가락이 차마 따라가지 못할 만큼 사고가 빠르게 전환하곤 했는데, 쫓기는 듯이 글을 쓰는 그 시간이 짜릿하고 즐거웠다. 반면에 기분안정제를 먹기 시작하면서 '창작의 고통'이 무엇인지 뼈저리게 느꼈다. 경조증 상태에 비해 머릿속 생각이 단어가, 문장이 되어 나오질 않았다. 평소에 비해 거북이처럼 느릿느릿하게, 그리고 신중하게 단어 하나하나를 골라야 했다. 확실히 글을 쓸 때만큼은 경조증이 그립다.

"그럼 약을 끊고 또 경조증을 겪고 싶나요?"

대답 없이 내 표정에 떠오른 그리움을 읽었는지, 주치의가 다시 물었다. 잠시 생각하다가 고개를 저었다. 아니요. 경조증이 그립지만 약을 끊거나 2형 양극성 장애를 방치하고 싶진 않았다. 만약 선택적으로 경조증만 겪을 수 있다면, 나는 기꺼이 그렇게 할 것이다. 자신있게 말할 수 있다. 그러나 아쉽게도 그건 내 힘으로 조절할 수 있는 것이 아니다. 미국의 한 드라마에 양극성 장애를 앓고 있는 주인공이 작업에 더 몰두하기 위해서 기분안정제를 끊고 일부러 조증을 유발하는 장면이 나온다. 만약 드라마처럼 기분안정제를 끊고서 경조증을 잠깐 경험하고, 경조증이 끝날 때쯤 기분안정제를 다시 시작해서 뒤따라올 우울 삽화를 예방할 수 있다면 얼마나 좋을까. 하지만 드라마는 어디까지나 드라마일 뿐, 현실은 결코 그렇지 않다. 양극성 장애의 삽화나 주기는 그런 식으로 조절할 수 있는 것이 아니다. 기분안정제를 끊고서 경조증을 체험할 확률보다는 우울을 경험할 확률이 훨씬 더 높다. 그리고 나에게 우울 삽화 한 번은 최소한 몇 달 동안, 매 순간마다 손목을 칼로 그어버리고 싶은 충동을 이겨내야 하는 지난한 싸움이다. 마치 언제 차에 치일지 모른 채로 하루에도 열두 번씩 건널목을 건너야 하는 사람이 된 느낌이랄까. 그렇게 매일 생명의 위험을 감수하며 살고 싶지는 않다. 정말 그러고 싶지는 않다.

설사 약을 중단하고 운 좋게 경조증을 겪는다 하더라도 들뜬 즐거움에는 대가가 따른다. 경조증 뒤에는 반드시 우울 삽화가 온다는 것을 이제는 너무 잘 알았다. 경조증과 우울 삽화가 반드시 일대일의 비율로 오는 것도 아니다. 즉, '경조증-우울-경조증-우울…'의 패턴을 밟는다는 보장이 없다. 현실은 '경조증-우울-우울-경조증-우울-우울-우울…'에 더 가깝다. 2형 양극성 장애에서는 경조증보다 우울 증상이 37배 정도 더 흔하다. 경조증 상태가 아무리 행복해도, 2형 양극성 장애를 치료하지 않고 방치했을 때 손해가 훨씬 크다. 경조증을 +1, 우울을 −1이라고 치면(사실 괴로움과 자살 사고를 고려하면 −1이 아니라 −10은 되어야 할 것 같지만),

그 합은 초등학생도 할 수 있을 만큼 쉬운 계산이 아닌가. 방치하면 방치할수록 항상 나에게 마이너스인 게임이다.

기분안정제를 먹기 시작하면서 나는 마침내 차분해졌다. 우울이 좋아진 지 몇 달이 지났고, 날씨가 시나브로 따뜻해졌지만 익숙한 경조증은 자취를 감췄다. 몇 년 만에 들뜨지도 않고, 우울하지도 않은, 평상 기분euthymic 상태가 유지되었다. 에너지가 과하지도, 부족하지도 않았고, 잠이 줄어들지도, 하루 종일 자고 싶지도 않았다. 지나치게 신이 나거나, 우울하지도 않았고, 무턱대고 새로운 계획을 벌이지도, 아무것도 안 하지도 않았다. 아침에 일어나서 가볍게 아침을 먹고, 늦지 않게 출근했으며, 내가 감당할 수 있는 수준의 일을 했다. 일하는 속도는 여전히 남들보다 살짝 빠른 편이긴 하지만, 내가 모든 것을 할 수 있다고 생각하거나, 과하게 많은 업무를 소화하려고 애쓰지도 않았다. 덕분에 퇴근할 때 녹초가 되지도 않았다. 항상 비슷한 시간에 잠들었고, 가끔 수면제를 복용하긴 했지만 잠 못 이루며 뒤척이지도, 새벽에 깨어나 다시 잠 못 들지도 않았다.

"요즘 잘 지내?"

예전엔 인사 치레로 건넨 이 질문에 할 말이 참 많았다. 대부분 이렇게 시작하곤 했다. 사고를 쳤어. 혹은 우울해서 죽을 거 같아. 가까운 친구들은 이런 나의 대꾸가 익숙한 듯 되묻곤 했다. 또 무슨 일이니.

가까운 친구들은 내 인생을 '시트콤'이라고 표현하곤 했다. 경조증 상태의 나는 에너지가 넘쳤고, 항상 우스꽝스러운, 남들은 쉽사리 엄두를 내지 못하는 일을 벌였다. 술 마시고 눈을 떴더니 강릉에 있지 뭐야. 다음 주에 프랑스 파리로 혼자 한 달 동안 여행을 갈 거야. 이번 휴가 때는 국토대장정이라도 떠날까 봐. 넋두리처럼 '왜 내 인생만 이렇게 굴곡이 많지?'라고 말하곤 했는데, 돌이켜보면 그것도 2형 양극성 장애의 결과였다.

양극성 장애를 인정한다는 건, 의외로 내가 지극히 평범한 사람이라는 걸 받아들이는 과정이었다. 경조증과 우울 삽화 때문에 생겨나는 수많은 드라마를 포기하는 것. 남들과 별다를 바 없는 일상을 단조롭게 여기지 않고 살아내는 것. 내가 특이한 사람이 아니라는 사실을 인정하는 것. 어쨌거나 평상 기분 상태를 최소 6개월 이상 안정적으로 겪으며, 나는 '재미없는' 사람이 되었다. 누군가 잘 지내냐고 물으면, 어깨를 으쓱했다.

"정말이지 너무나 평탄한 일상을 보내고 있어서, 딱히 할 말이 없네."

그러면 상대는 피식 웃으며 대꾸했다.

"그게 사람 사는 거지, 뭐."

처음에는 그런 반응이 생소했는데, 시간이 지나면서 점차 깨달았다. 그래, 이런 게 사람 사는 거지. 어떻게 매일매일 롤러코스터를 탈 수 있겠어. 나 자신을 진이 빠지도록 괴롭히지도 않고, 아무것도 하고 싶지 않은 무기력에 빠져 시간을 흘려보내지도 않는 일상. 스스로를 부끄럽게 하지도, 죽이고 싶게 만들지도 않는 일상이 나쁘지 않았다. 아니, 퍽 괜찮았다. 생각보다 훨씬 더.

주치의의 권유로 자연스럽게 술을 끊었고, 운동을 다시 시작했다. 양극성 장애를 받아들이기 전, 경조증과 우울 삽화에 시달리는 동안에는 '자존감'을 높이고 싶어서 운동을 했다. 운동을 통해 예쁜 몸매를 만드는 것도 자존감을 높이는 방법이라고 믿었고, '그 바쁜 와중에도 꾸준히 운동하는, 자기 관리를 잘하는 기특한 나'라는 느낌이 좋았다. 진짜 운동하러 가기 싫지만 어떻게든 헬스장에 가서 1시간 꽉 채워 운동하는 스스로가 대견했고, 그 뿌듯함이 자존감을 높이는 데 도움이 된다고 믿었다. 실제로 도움이 안 된 것은 아니다. 모르긴 몰라도 경조증이나 우울 삽화를 겪지 않을 때, 중간의 평정 기간euthymia에는 기분을 안정되게 만들고 재발을 미루는 효과가 있었을 것이다. 운동을 통해 자존감을 높인다고 해서 양극성 장애가 조절되는 것이 아닌 게 문제지.

양극성 장애를 인정하고 안정된 후에는 생각을 떨쳐버리고 싶어서, 그리고 잠들기 위해서 운동을 했다. 나는 예민하고 생각이 많으며, 한번 부정적인 생각에 꽂히면 쉬이 떨쳐내지 못한다. 그럴 때 무게를 많이 쳐서 격렬한 근력 운동을 하면 '생각하는 것' 자체를 잊어버리는 데 도움이 되었다. 부상 위험이 있기에 매 동작을 할 때마다 집중해야 하고, 몸 쓰는 것에 집중하다 보면 어느 순간부터 잡념이 잊혔다. 그리고 몰입에 이만큼 효과적인 방법은 아직까지 찾지 못했다. 책을 읽거나 영화 보기, 친구 만나서 수다 떨기, 술 마시기 등 다양한 방법을 시도해봤지만 역시 운동이 가장 효율적이다.

운동은 잠을 자는 데에도 도움이 되었다. 하루 만 보 이상 걷거나 한 시간 이상 운동을 한 날은 확실히 입면이 쉬워진다. 몸을 피곤하게 만들어서 잠들게 하는 게 원초적으로 보일 수도 있지만, 수면제 외 민간요법 중에서는(그리고 나는 수면 위생 관련해서 현존하는 거의 모든 민간요법은 다 써본 사람이다) 이보다 확실한 방법이 없다.

운동을 좋아하지는 않는다. 누군가는 땀 흘리는 게 상쾌하다고, 또 누군가는 숨이 턱 끝까지 차오르도록 달리고 나면 '러너스 하이'를 느낄 수 있다고 말하지만 나에게 운동이 그런 물리적 쾌감을 느끼게 해준 적은 딱히 없다. 솔직히 운동을 하면 몸이 고되고 지칠 뿐이다. 하지만 양극성 장애가 어느 정도 안정된 후에 현 상태를 유지하기 위해서, 그리고 재발을 막기 위해서 운동을 병행하기로 마음먹었다.

사실 상담이나 약물 치료 외에 나 혼자 꾸준히 할 수 있는 정신 건강 관리법이 하나쯤 있었으면 했다. 스스로 지나치게 의존적이라는 느낌이 들지 않도록. 운동은 원래도 정신 건강에 도움이 되지만 특히 나처럼 쓸데없는 생각이 많은 사람이라면 더욱 그렇다. 최소한 나는 늘 운동을 해야 한다. 잡념을 떨치고 잠들기 위해서. 양극성 장애를 받아들인 뒤 운동은 어쩔 수 없는 나의 반려, 필요악이 되었다. 양극성 장애를 관리하기 위해서는 어쩔 수 없이 부지런해져야 했다.

꾸준히 양극성 장애를 관리하면서 다시 회복한 힘은 자율성이었다. 양극성 장애를 부인하는 동안, 나는 마치 제3자처럼 인생을 바라보았다. 노력과 상관없이 주기적으로 경조증과 우울이 찾아와 나를 흔들었고, 나는 그것을 도저히 통제할 수 없는 폭풍처럼 여겼다. 비가 쏟아지면 맞아야지, 별 수 있나. 그것은 체념을 가장한 무책임이었다. 스스로 느끼는 감정을 확신할 수 없고, 들뜨는 기분이나 우울이 곧 양극성 장애의 징후가 아닐까 끊임없이 돌아보는 일은 힘들게 쌓아올린 자존감과 자기 효능감을 흔들었다. 이제는 내가 느끼는 기분, 감정의 주도권을 쥐고 싶었다. 꾸준히 치료를 받으면서, 기분이 안정되고 충분한 수면을 취하게 되자 비로소 할 수 있다는 자신감이 쌓였다.

다시, 자존감

나를 진짜로 사랑하는 법

"엄마가 자기를 사랑하는 걸, 아기가 어떻게 알까요?"

내가 해왔던 민간요법, '자존감 훈련'에 대해 이야기를 나누던 중이었다. 양극성 장애에 대해 치료받지 않고 어떻게 버텼냐는 주치의의 질문에 나는 신이 나서 그동안 해왔던 노력에 대해서 늘어놓았다.

의대 졸업 이후 정말 오랜만에 다시 상담을 받았다. 이젠 주치의가 새로운 상담사였다. 양극성 장애에 대한 병식이 생긴 후로, 일주일에 한 번씩 짧으면 30분, 길면 1시간 정도 그와 상담을 했다. 상담이 끝나면 주치의가 적절한 약을 처방해주었고, 별다른 변화가 없으면 나는 그 처방대로 약을 먹었다. 단지 집이 가깝고 예약을 빨리 할 수 있다는 이유로 선택한, 소 뒷걸음치다 쥐 잡는 격으로 찾아낸 의사였지만 나는 그가 퍽 마음에 들었다. 적당히 상냥하고, 동시에 적당히 감정적 거리를 유지할 줄 알았다. 하루에도 몇 번이나 치료를 그만둘까 고민하는 나를 붙들어줄 만큼 엄격하면서도, 이야기를 경청해주고 적절한 공감을 해주었다. 나와 '궁합이 꽤 잘 맞는' 의사였다.

"글쎄요, 사랑한다고 말해주고, 안아주고… 같이 놀아주면 알지 않을까요?"

"맞아요. 엄마는 아기 얼굴이 예뻐서, 아기가 또래보다 빨리 걷는다고 더 사랑하지 않죠. 그냥 존재만으로도 아기는 사랑스러워요."

네. 고개를 끄덕였다. 머리가 좋은 나는 주치의가 하고자 하는 말을 단번에 알아차렸다. 그래, 나도 좋은 성적을 받지 않아도, 스스로를 혹사할 정도로 일하지 않아도, 외모를 열심히 가꾸지 않아도 있는 그대로 사랑받을 자격이 있다는 거겠지.

자존감을 높인답시고 지금껏 내가 해온 방법은 눈속임에 불과했다. 나도 알았다. 그럼에도 불구하고 멈추지 못했던 건 그것밖에 할 수 없었기 때문이었다. 양극성 장애를 인정할 순 없었지만 오랜 우울에서는 벗어나고 싶었고, '자존감 훈련'은 생존을 위한 발버둥이었다. 효과가 아예 없는 것도 아니었다. 일을 통해 내 능력을 거듭 입증하면서 자기 효능감이 자라났다. 좌절을 겪을 때도, 실수나 잘못을 저지를 때도 있었지만 결국 이겨냈다. 실패와 성공을 경험할수록 어떤 상황이 닥쳐도 스스로 적절한 행동을 할 수 있다는 기대와 신념이 쌓였다. 자기 효능감과 자존감은 개념부터 다르다. 하지만 적어도 능력면에서 스스로를 인정하고 신뢰할 수 있게 되자 자존감도 어느 정도 올랐다. 나 자신이 믿음직스럽고 자랑스럽긴 했다. 사랑받아 마땅한 존재라고 믿진 않았지만.

생각이 여기까지 미치자 짜증이 솟구쳤다. 그럼 어쩌라는 거지? 나보고 뭘 더 어떡하라고? 참지 못하고 주치의에게 따지듯이 물었다.

"그럼 자존감을 높이기 위해서 도대체 뭘 해야 하죠?"

"조울씨 스스로에게 물어보세요."

"…그냥 물어보라고요? 뭐라고 물어야 하는데요?"

돌아온 대답이 생각보다 시시했다. 어이 없어 하는 내 표정에 주치의가 미소지었다.

"엄마가 아기에게 하듯이요. 배가 고프면 배가 고프냐고 묻고, 뭐가 먹고 싶냐고 묻고, 심심하면 심심하냐고 묻고, 뭐 하고 싶냐고 묻고. 그냥 그렇게 하는 거예요. 거창한 건 하나도 없어요. 지금 해봐요, 스스로에게 물어보세요. 조울아, 하고 부른 뒤에 뭐가 하고 싶어? 라고 묻는 거예요."

빤히 쳐다보는 주치의의 시선에 못 이겨 나즈막히 내 이름을 소리내서 불러보았다. 온몸에 두드러기가 돋듯이 어색했다.

"다음, 뭐 하고 싶냐고 물어봐야죠."

억지로 입을 열어 또 말해보았다. 조울아, 너 지금 뭐 하고 싶어? 아무런 생각도 떠오르지 않았다. 대답할 사람이 있긴 한 건가? 어디에? 이 상황이 마냥 우스꽝스럽게 느껴졌다.

"계속 물어보세요. 스스로에게 그런 질문을 해본 적이 없으니, 대답을 듣는 데도 한참 걸릴 거예요."

뚱한 얼굴로 앉아 침묵을 지켰다. 뭐가 하고 싶지. 퇴근 후 상담을 왔으니, 끝나면 저녁 거리를 사서 집으로 돌아갈 생각이었다. 날이 풀리기 시작한 늦겨울이었다. 밤이 조금씩 짧아지고, 늘 어둑했던 퇴근길에도 조금씩 낮의 햇살이 섞였다. 사실 이대로 집에 들어가기보다 산책을 하고 싶었다. 아니면 아직 쌀쌀하니까 혼자 서점에 가서 책을 읽던지. 이제 예쁜 봄옷도 사고 싶은데. 얼마 전 개봉한 영화를 혼자 봐도 좋겠다. 생각이 여기까지 미치자 이걸 말하면 되나 궁금해졌다.

"오늘은 진료 마치고 혼자 좀 놀고 싶어요."

눈치를 보며 힘들게 꺼낸 말에, 주치의는 대뜸 박수를 치게 했다. 바보가 된 기분이었지만 밑져야 본전이라는 마음으로 박수를 세 번 쳤다.

"잘했어요. 그렇게 하는 거예요."

"말도 안 돼. 이게 뭐예요, 이게 나를 사랑하는 법이라고요?"

실소가 터졌다. 이게 뭐야. 믿을 수 없다는 나의 표정에 주치의가 웃었다.

"생각보다 별거 없죠? 그렇게 나를 들여봐주세요. 계속 관심을 가져요. 처음엔 습관을 들여야 하겠지만, 나중엔 숨 쉬듯이 익숙해질 거예요. 나는 자존감이 낮으니 자존감을 높여야 한다고 스스로 옭아매지 말아요, 그것도 부담으로 다가오니까요. 그냥 자연스럽게 다가가세요. 어떤 결정이든, 내가 원하는 대로, 나를 위한 방향으로 내린다는 것만 기억하면 돼요. 그게 있는 그대로 나를 인정하는 법이고, 나를 사랑하는 방법이에요."

"원하는 대로만 하다가 게을러지면 어떡하죠? 내가 하고 싶다고 해서 도박이나 알코올 중독에 빠질 순 없잖아요."

여전히 믿어지지 않았다. 그렇게 간단할 리가 없어. 애써 생각해낸 반론에 주치의가 크게 웃었다. 조울씨가 퍽이나 스스로 그렇게 되도록 놔두겠다. 나 자신을 믿어봐요, 알아서 잘할 테니까.

결론부터 말하면, 그의 말이 맞았다. 끊임없이 나 자신에게 말을 걸고, 특히 내가 원하는 게 뭔지 물어보는 연습은 그 후로 무엇이든 결정을 내릴 때 큰 도움이 되었다. 사소하든, 중대하든. 오늘 저녁 메뉴를 고를 때, 보고 싶은 책을 집어들 때, 혹은 어떤 사람을 만나고 헤어질 때, 이직을 결심할 때, 결혼을 결심할 때조차도. 항상 딱 맞는 결정을 내린 건 아니었고 시간이 흐른 뒤 결정을 후회하기도 했지만, 적어도 나 자신을 원망하거나 깎아내리지 않았다.

그렇게 내가 하고 싶은 게 뭔지 관심을 기울이고, 나나 내 주변인을 파괴하는 경우가 아니라면 적극 수용했다. 몇 달, 1년 넘게 반복하자 곧 삶의 기준이 나 자신이 되었다. 굉장히 바보같이 들릴지 모르겠으나 살면서 한 번도 이런 식으로 결정을 내린 적이 없었다. 내가 바라는 것, 원하는 것보다 항상 남들은 어떻게 하는지, 혹은 남들의 눈에 어떻게 비칠지를 먼저 고민했다. 성적이 출중한데 마침 진학 붐이 일었고 주변에서 다들 내가 의대를 갈 거라고 기대하니까 자연스럽게 의대에 진학하겠다고 다짐했다. 입학 후엔 타이트하게 짜여진 커

리큘럼대로 묵묵히 공부했다. 원하는 전공을 선택하려면 성적이 좋아야 한다기에 밤낮없이 열심히 공부했다. 졸업 후에도 누구나 하듯이 인턴, 레지던트를 마쳤다. 물론 그 결정에도 나의 기호와 신념이 반영되었겠으나, 어떤 결정을 내릴 때 최우선으로 고려해야 하는 기준이 나 자신이라는 걸 지금껏 의식해본 적이 없었다. 내가 원하는 대로 결정해도 된다는 믿음과 실천은 스스로에 대한 신뢰가 되었고, 신뢰가 쌓이며 나라는 사람을 바라보는 나의 시선도 한결 너그러워졌다.

오늘은 운동하기 싫어. 그럼 하루 쉬자. 그러다 살 찌면 어떡하지? 좀 찌면 뭐 어때.

엄마가 아기에게 항상 가슴 절절한 사랑을 고백하지는 않듯이, 단지 같이 있어주는 것도 사랑이듯이 스스로에 대한 사랑도 화려하고 드라마틱하진 않았다. 하루아침에 자존감이 거짓말처럼 오르지는 않았지만 아주 천천히, 꾸준히, 내가 느낄 수 있을 만큼 올랐다. 낯간지럽게 '나는 내가 정말 좋아!' 라고 매순간 느끼진 않지만, 나라는 사람을 떠올리면 너그럽고, 든든한 느낌을 받을 만큼. 과묵한 '경상도 버전'의 자존감이겠거니, 생각한다. 그리고 의식적인 '자존감 훈련'도 필요 없게 되었다.

자존감이 오르고, 양극성 장애에 대해 적절한 치료를 받기 시작하면서 찾아온 가장 큰 변화는 연애였다. 의식하지 않아도 누군가에게 사랑을 갈구하는 욕구가 조금씩 사그라들었다. 예전엔 티내지 않으려 안간힘을 쓰면서도 스포트라이트를 받고 싶어하는 '관심종자'였다면, 스스로가 마음에 들면서부터는 신기할 정도로 타인의 시선에 무덤덤해졌다. 늘 옷차림이나 몸매 같은 외적인 부분에 과도하게 신경을 쓰고 단장하느라 적잖은 에너지를 쏟아야 했는데, 어느 날부터 그런 행위가 귀찮아졌다. 타인에 대한 관심 자체가 자연스럽게 줄어든 결과였다. 제3자를 통해 내가 사랑스러운 사람이라는 것을 증명하려 들지 않으니 과하게 비위를 맞출 필요도 없었고, 잘 보이려고 애쓸 필요도 없었다. 연인에게, 관계에 의존하지 않게 되면서 이성에게 쏟던 과도한 관심과 에너지가 나 자신을 향했다. 연애라는 경기장에서 비로소 다른 사람과 동등한 시작선에 선 기분이었다. 태어나 한 번도 경험한 적 없던 자유에, 일상이 상상하지 못할 정도로 평탄하고 편안해졌다.

자존감이 체력이라는 생각은 틀리지 않았다. 체력을 쌓고 유지하기 위해 적잖은 노력이 필요하듯 자존감도 마찬가지였다. 나의 경우 스트레스가 쌓이면 예민해지고 평소보다 쉽게 자책하며, 이런 자책은 쉽게 자존감에 스크래치를 낸다.

그래서 애초에 스트레스를 최소화하는 편이다. 예를 들면 나는 업무 환경이 지저분한 것을 못 견디는 편이라 처음부터 최소한의 물건만 배열하고 더러워지지 않도록 항상 청소한다. 또 혼자 있을 때 에너지를 회복하는 성격인지라 사람을 만나는 약속 자리를 일주일에 두 번 이상 잡지 않는다. 중독에 취약하고 술을 잘 조절하지 못한다는 것을 깨달은 후부터는 주치의의 조언에 따라 약 1년간 술을 한 잔도 마시지 않았다. 스트레스를 아예 안 받을 수는 없는 법, 쌓인 스트레스 해소를 위해 건강한 방법을 습관화하여 유지한다. 일주일에 두 번 이상 고강도의 근력 운동을 하고, 반 년에 한 번 이상 훌쩍 해외로 여행을 떠난다. 예전 같은 가짜 자존감 훈련은 더 이상 하지 않지만, 남들보다 약한 자존감을 타고 나서 이만큼 키워온 만큼 나 자신을 더 잘 이해하고 아껴줘야 한다는 건 의식하고 있다.

양극성 장애를 받아들이고 기분안정제를 꾸준히 먹으며 경조증에도, 우울에도 갇히지 않은 기분을 유지할 수 있게 되자 어느 날부터 자살 사고는 자취를 감췄다. 꾸준히 치료를 받은 지 1년쯤 부턴가, 확실히 예전처럼 습관적으로 자살 사고를 느끼지 않는다는 사실을 깨달았다. 주치의는 동의하지 않을지도 모르지만, 나는 단순히 양극성 장애를 적극적으로 조절한 결과가 아니라 거기에 자존감 상승이 시너지를 이룬 덕분이라고 생각한다.

외로움

트리거

양극성 장애를 인정하고 받아들인 뒤 반드시 해결해야 하는 삶의 중요한 트리거가 바로 외로움이었다. 해결이라기보단 관리의 대상으로 인식한다는 게 더 정확한 표현이겠지만.

나는 어릴 때부터 외로움에 약했다. 쉽게 외로워졌고 외로우면 우울하고 소외감을 느꼈다. 정이 많아서 그래. 엄마는 말씀하셨다. 정에 약한 건 맞았다. 다섯 살부터 가르쳐주셨던 피아노 선생님이 이사를 가자 며칠을 울며 그리워하기도 하고, 친구가 토라져 내뱉은 '너랑 안 놀아!'라는 말에 세상이 무너진 듯 식음을 전폐하기도 했다.

얼핏 보면 사람을 좋아하는 것처럼 보였다. 늘 사람의 선의를 믿었고 첫 만남부터 강하게 빠져드는 편이었다. 남녀노소 불문하고 사람을 좋은 쪽으로만 판단하고 급속도로 친해졌으며 '베스트 프렌드'란 명찰을 붙여 높은 기대를 하고 '호구' 처럼 잘해줬다. 이십 대의 나는 친구들을 미국 드라마 〈프렌즈〉나 〈섹스 앤 더 시티〉에 나오는 관계처럼 끈끈하게 유지하고 싶었고 그런 환상을 실현하고 싶어서 필사적으로 노력을 했다. 친구들의 생일이나 중대사를 살뜰하게 챙겼고, 여행도 함께 자주 떠났으며 고민이 있다면 새벽에도 기꺼이 달려갔다. 친구도 그랬으니 연인은 오죽했을까.

사실은 인간관계가 피곤했다. 사람이 좋기도 했지만 너무 자주 약속을 잡으면 피로감을 느꼈다. 왜 나만큼 마음 써주지 않지, 챙겨주지 않지. 기대에 부응하지 않는 친구들에게 애써 서운함을 숨겨도 부정적 감정은 어딘가 쌓였다. 자연스럽게 멀어지고 싶어도 지금까지 '투자'한 마음, 돈, 시간, 에너지가 아쉬워 끙끙 앓기도 했다. 주변에서 관계를 정리하는 게 좋겠다는 조언을 들어도 놓지 못하고 혼자만 괴로워하는 경우가 많았다.

정신분석을 받으며 엄마와의 애착 관계 형성 과정에서 애정결핍이 생겼고, 엄마가 아닌 다른 사람에게서 부족한 애정을 채우려는 성향 때문에 그렇게 '을'이나 '호구'같이 군다는 걸 머리로는 깨달았다. 하지만 오랜 습관은 도통 바뀌질 않았다. 아니, 내심 언젠가 나의 진심을 알아줄 소울메이트나 백마 탄 왕자님이 나타나주길, 그래서 나의 투자가 빛을 보길 바라는 마음으로 꾸역꾸역 오랜 습관을 이어갔다.

이십 대 후반부터는 주변 친구들이 하나둘 결혼하면서 '재앙'이 시작되었다. 친구들이 바빠졌다. 연락도 뜸해졌고 한 달 전부터 약속을 잡아도 주말에 만나기는 어려웠다. 아이를 낳은 친구는 어렵게 만나도 친정, 시가, 남편, 아이 이야기만 했다. 예전엔 몇 시간 동안 수다를 떨어도 대화 주제가 넘쳐났지만 이젠 서로 할 말이 없었다. 어색한 침묵 끝에 한두 시간 만에 자리를 털고 일어나 다음을 기약했지만 좀처럼 다시 만나게 되지 않았다. 공교롭게도 삼십 대 초반부터 자의 반 타의 반으로 연애를 쉬면서 주간엔 바쁘게 울리던 핸드폰도 밤이나 주말엔 잠잠해졌다.

화창한 주말의 어느 날, 늦잠을 자고 일어나 핸드폰을 확인했는데 밤 사이 온 연락이 한 통도 없다는 걸 깨달았다. 반사적으로 SNS를 켰다. 나 말고 다른 사람들은 모두 즐겁게 주말을 즐기고 있는 것 같았다. 아들을 데리고 스키장에 왔다는 친구의 사진, 가족 행사로 정신 없는 주말을 보내고 있다는 직장 동료의 사진을 실시간으로 보면서 갑자기 패닉이 왔다.

피부로 느껴지는 외로움을 인식하자마자 몰아닥치는 무력감에 압도당한 기분이었다.

그 즈음부터 혼자 있는 게 병적으로 싫어졌다. 길고 긴 연휴에, 주말에, 어느 누구도 나를 떠올리지 않고 찾지 않는다는 걸 견딜 수 없었다. 나는 혼자 있는데 다른 사람들은 서로 어울리며 즐거워하고 있다. 나만 혼자다. 왜곡된 인지는 SNS 염탐으로 이어졌다. 다른 사람들이 누군가와 함께 있는지 지속적으로 확인하고 싶었다. 나만 사회적 상호작용이나 만족스러운 사교생활에 참가할 수 있는 기회를 놓치고 있다는 강박적인 걱정에 시달리며 우울해졌다. 나만 이 세상에서 혼자야. 나이가 들면 더 심해지겠지. 결국 혼자 죽게 될 거야. 막연한 두려움을 견디기 어려웠다.

원래도 혼자 있는 상태를 힘들어했던 건 아니었다. 관심을 보이는 누군가, 주로 연인, 아니면 가족이나 친구 등이 옆에 있을 때 바쁜 일과 속 주어진 나만의 시간은 분명 상쾌하고 청량했다. 마침내 스스로를 몰아붙이는 대인관계의 부담에서 벗어나 쉴 수 있었다. 심지어 즐겼다. 여성이 꿈을 이루기 위해 자기만의 방이 있어야 한다고, 고독이야말로 진정한 사유의 시간이며 내적 활동을 일으키는 시간이라고 주장했던 버지니아 울프에 빙의되어 책을 읽고 사색하고 글을 쓰기도 했다. 혼자라는 사실을 지각할 수 없을 만큼, 시간의 흐름을 인식하지 않을 만큼 자유로웠다.

본디 고독이란 타인과의 접촉 없이 홀로 있는 상태를 칭하며, 외로움은 주관적으로 느끼는 감정, 즉 혼자 있는 것같이 쓸쓸한 감정이다. 상태와 감정, 둘 사이엔 명백한 차이가 있지만 공교롭게도 혼자 있던 상태에서 공황 같은 외로움을 느끼고 난 이후 둘 사이를 구분하지 못하게 되었다. 혼자 있는 게 싫었고, 고독에 빠질 만한 상황을 최대한 피하고 싶었다.

그때부터 나는 바빠졌다. 스스로에게 혼자 남을 틈을 주지 않았다. 주말에 약속이 없는 게 싫어서 지인의 지인까지 찾아내서 몇 달 전부터 약속을 잡았다. 가족이 모이는 명절이나 연말에는 한참 전부터 미혼인 친구들과 해외 여행 계획을 세웠다. 여행지에서 맛집 투어, 명품 쇼핑을 즐기며 아무 곳에도 묶이지 않은 자유를 위해 건배했다. 어쩌다 약속 없는 날이면 만취할 때까지 술을 마셨다. 혼자라는 사실을 채 깨닫기도 전에 취기에 곯아떨어지도록. 돌이켜보면 이 즈음에 양극성 장애의 재발 주기가 빨라졌다. 몇 달 간격으로 경조증과 우울 삽화의 경계를 넘나들었다. 나에게는 불면만큼 외로움이 양극성 장애의 재발을 유발하는 트리거였다.

그즈음부터 결혼에 대한 초조함이 강해졌다. 스무 살 때부터 나는 꼭 결혼하고 싶은 사람이라는 걸 알고 있었다. 갓 성인이 된 나이에도, 결혼을 하면 정서적으로 훨씬 안정되리라는 막연한 확신이 있었다. 연애만 해도 그랬으니까. 실제로 연구에 따르면 가족의 지지와 수용적이고 애정 있는 태도는 정신질환자의 일상생활에 대한 스트레스를 줄이고 대처를 용이하게 하며, 전구 증상을 초기에 감지하여 재발 가능성을 낮춘다. 물론 세상은 혼자 사는 것이고 배우자와 관계가 틀어지는 등 예상치 못한 변수가 등장할 수도 있지만 확률상 평생 혼자 살면서 외로움을 굳이 고독으로 치환해서 이겨내려 발버둥 치는 것보다 결혼해서 안정적인 가정을 꾸릴 때, 양극성 장애 재발률을 훨씬 낮출 수 있다는 확신이 있었다. 2형 양극성 장애를 받아들이기 한참 전부터도.

꼭 결혼하겠다고 마음먹은 이후 나는 달라졌다. 나는 또래보다 늦은 나이에 결혼했다. 특히 의대 동기들과 친구들이 이십 대 후반에 결혼한 것에 비하면 더 늦은 편이었다. 늦은 만큼 더 열심히, 더 빠르게 좋은 남자를 찾아야 했다. 사돈의 팔촌까지 동원해서 '좋은 사람'을 소개받았다. 주말은 선자리와 '소개팅'으로 채웠다. 결혼 상대를 찾는 건 예쁜 옷이나 가방을 사는 것과는 차원이 달랐다. 끌림만으로 결혼할 수도 없고, 조건만으로 결혼할 수도 없다. 외모는 물론이거니와 가치관도 잘 맞아야 했다. 게다가 결혼을 꼭 하겠다고 결심한 이후 남자를 보는 눈이 달라졌다. 예전엔 항상 '나쁜 남자'에게 끌렸다. 결핍이 있는 남자. 그러나 결혼은 '나쁜 남자'와 할 수 없었다. 고생길이 훤했다. 무엇보다 상담과 치료를 통해 양극성 장애를 관리하면서 경조증/우울 삽화의 반복이 끊어지고 기분이 많이 안정되자 자연스럽게 '사람 보는 눈'이 생겼다. 그제야 지루하다고 느꼈던 좋은 남자가 새롭게 보였다. 자존감이 높고 고로 심리적 결핍이 없으며 나를 불안하게 하지 않는, 신뢰와 안정감을 항상 느끼게 해줄 사람과 함께하고 싶었다.

가끔 생각한다. 내가 결혼하지 않았다면 어떤 모습이었을까. 아마도 전문의 취득과 대학원 과정은 그대로 밟았을 것 같다. 퇴근 후 하던 운동도 그대로 유지했을 테지. 그럼 남은 날짜엔 회식이 잡히거나, 업무 관련 미팅이 잡히거나, 친구들과 약속을 잡았을 테지. 아니면 혼자 술을 마시든 취미 생활이든 했을 것이다. 사실 혼자여도 평일은 어렵지 않다. 삼십대 중후반의 싱글은 주말이 외롭다. 힘들다. 그 와중에 MBTI 검사를 하면 51:49쯤 외향적이면서 내향적이란 결과가 나오는 나는, 외로우면서도 열렬히 혼자 있고 싶은, 괴팍한 독신자였다.

주변의 친구들은 대부분 결혼했고, 자녀가 있다. 그들에게 주말은 현장 학습 혹은 가족 행사의 날이다. 애초에 만나는 게 불가능하다. 손에 꼽을 만큼 남은 솔로 친구들과 뭔가를 하고 싶으면 최소한 한 달 전에는 예약을 잡아야 한다. 나에게도 그렇듯, 그들은 다른 누군가에게도 몹시 '희소'하니까.

아마 나는 금요일이나 월요일에 연차를 내고 주말을 껴서 혼자 여행을 많이 다녔을 것 같다. 여행을 좋아하고, 실제로 혼자 많이 다녔고, 전문의가 된 후 연차 사용도 비교적 자유롭다. 그리고 여행만큼 돈 쓰는 재미가 있으면서, 일상에서 벗어날 수 있으면서 유부녀 친구들의 부러움을 살 만한 활동도 딱히 없으니. 아마 길게 여행가긴 어렵고 일본이나 대만에 가지 않았을까. 그리고 아무래도 좀 심심해했겠지. 외로움을 견디지 못하고 술을 더 마셨을까. 어쩌면 잠들지 못하는 불면의 밤이 길어졌을지도, 또 경조증과 우울 삽화를 반복하며 괴로워했을지도 모른다.

결혼이 늦어지면서 결혼에 대한 집착이 강해졌고, 집착 때문에 우울해진 시기도 있었다. 이미 결혼한, 혹은 결혼을 앞둔 친구들을 질투했고, 열등감에 '노처녀 히스테리'를 부린다는 말을 들을까 봐 되려 말수가 없어졌다. '조건이 괜찮은 남자와 사랑 없이 결혼해서 살까'라는 부질없는 고민이 스쳐지나갔다.

“외롭죠, 누구나 외로워요.”

주치의가 고개를 끄덕였다. 진료실은 수치심 없이 외롭다고 인정할 수 있는 공간이었다. 주치의는 이야기를 잘 들어주었고, 내가 느끼는 감정이나 떠올리는 생각에 대해서 단 한 번도 평가하지 않았다. 덕분에 기꺼이 욕망 앞에 솔직할 수 있었다. 이번 주엔 좀 힘들었다, 외로웠다, 나도 연인이 생겼으면 좋겠다고 토로했다.

“맞아요, 결혼한 친구들도 외롭다고 해요.”

“그런 말 들으면 어때요?”

“솔직히? 얄미워요. 그러는 지들은 이미 결혼해서 애도 있으면서.”

일찌감치 결혼한 친구들은 나의 외로움에 공감하지 못했다. 최대한 늦게 결혼하라며 주말에 늦잠을 잘 수 있는 나의 여유를 부러워했다. 결혼에 대한 집착이 정점에 달했을 때는, 친구들의 위로가 배부른 투정, 가진 자의 오만처럼 들렸다.

“어떡하죠? 안 외롭고 싶은데 그게 잘 안 돼요. 맨날 사람을 만날 수도 없고.”

“외로운 건 외로운 거죠. 억지로 안 외로운 척하지 마요. 그냥 인정하고 넘어가요. 외로움을 곱씹지 말고.”

말이 쉽지, 그 순간엔 태평한 주치의도 얄미웠다. 그의 왼손 약지에 반짝이는 반지도.

그래도 꾸준히 치료받으면서 외로움에 대한 병적인 취약성은 조금씩 사그라들었다. 약을 먹는다고 해서 갑자기 마법처럼 외로움이 사라지진 않았다. 외로움은 우울의 원인이긴 했어도 우울 그 자체는 아니었다. 우울감이 사라지는 것과는 별개로 외로웠다. 역치가 높아지긴 했지만 그래도 가끔 외로웠다.

'외롭다고 인정하는 건 오케이, 사람 만나는 것도 오케이, 일에 몰두하는 것도 오케이, 그렇지만 술이랑 자기 비하는 안 됨.'

외로울 때 나만의 원칙을 정했다. 아예 외로움을 느끼지 않는 건 불가능했지만, 외로움을 대하는 마음가짐과 태도는 바꿀 수 있었다. 만병통치약처럼 한 번에 외로움을 해결하는 방법이 있으면 좋겠지만, 현실에 그런 건 없다. 할 수 있는 모든 방법을 최대한 동원했다. 꾸준히 운동하고, 좋아하는 책을 읽고, 글을 썼다. 영화나 전시회도 보러 가고, 맛집 투어를 다니며 '혼밥 레벨'을 높였다. 친구들과 만나 즐거운 시간을 보내더라도 스스로를 혹사하지 않는 수준에서 약속을 잡았고, 착한 남자를 소개받는 자리는 틈틈이 나갔다. 바쁜 와중에도 짬을 내서 여행을 다녔고, 열심히 적금을 부어가며 돈도 모았다.

결론부터 말하면 다행히 나는 좋은 사람을 만나 결혼했다. 그리고 기대했던, 확고한 정서적 안정을 얻었다. 나에게 결혼은 8할쯤은 운이었다. 나머지 2할은 외로움을 건강하게 버티면서 좋은 사람을 만나려고 꾸준히 시도했던 내 노력 덕분이고. 정신건강의학과 진료를 받으면서도 들어오는 선자리는 마다하지 않고 나갔다. 외로움에 조금씩 대응할 수 있게 되고 나서야, 결혼에 대한 집착과 열등감을 버리고 나서야 비로소 짝을 만났다. 결혼을 도구 삼아 행복해질 순 없다는 걸 깨달을 때쯤이었다. 정 별로면 그냥 맛있는 밥이나 한 끼 먹고 오자며 나간 자리에서 남편을 만났다.

결혼이 외로움을 잘 타는 나에게 어디서도 살 수 없는 안정감을 주었다는 사실은 부인할 수 없다. 누군가의 존재에 의지하지 않고 혼자서 외로움을 이겨낼 수 있었다면 더할 나위 없겠으나 나는 외로움을 유발하는 요인을 소거하는 쪽을 택했다. 한없이 외로우면서 고독을 즐겨야 한다고 스스로를 다잡는 것보다 차라리 스스로 외로울 겨를이 없는 편이 훨씬 견디기 쉬웠다.

적어도 나에게는 결혼이 나쁜 것은 아니었다. 결혼은 부수적으로 따라오는 책임과 그로부터 유발되는 괴로움 혹은 혼자라는 외로움 중에 평생 감당할 것을 택일하는 문제였고, 나는 기꺼이 괴로움을 선택했다. 퇴근 후 항상 누군가 나를 반겨주고, 잠들기 전까지 미주알고주알 대화를 나누며, 주말에 미리 아무런 계획을 세울 필요 없이 함께 시간을 보낸다. 그리고 이런 환경이 확률상 최소한 수십 년간 변하지 않는다는 사실은 나에게 더할 나위 없이 위안이 되었다. 더 이상 외롭지 않았으니까.

혼자 잘 노는 사람이라면, 남의 시선 따위 상관없다면, 외로움을 잘 느끼지 않으며 괴로워하지 않는다면, 그리고 병들고 노쇠해진 스스로를 책임질 수 있다면 결혼이라는 제도는 굳이 필요 없다. 나는 혼자 놀기 위해서 끊임없이 새로운 레퍼토리를 찾아야 하는 사람이었고, 외로움이 싫었다. 어떻게든 고독을 즐기려고, 이런 성향을 바꾸려고도 해봤지만 그냥 포기했다. 차라리 있는 그대로의 나를 인정하고 타인의 참여를, 내 삶으로의 초대를 구하기로 했다.

그래서 나는 결혼했고, 지금 행복하다. 후회하지 않는다. 결혼 후 나는 확고한 정서적 안정을 얻었고, 실제로 양극성 장애의 재발 주기가 길어졌다. 결혼 전 남편에게 나의 정신질환에 대해서 고백했고 재발 가능성이나 평생 관리해야 하는 필요성에 대해서도 설명했다. 고맙게도 남편은 나의 상태를 이해해줬으며 내가 잠을 잘 자지 못하거나 스트레스를 받는 것 같으면 나만큼 상태를 면밀히 관찰하고 적절하게 중재해 준다. 나를 비난하지 않는, 따뜻한 감시자가 한 명 더 생긴 느낌이랄까. 허물까지 보듬어준 남편에게 고맙다.

스스로 이겨내지 못하고 결혼이라는 제도를 이용하거나 타인에게 의존하여 정신질환을 이겨내려 한다는 생각은 버렸다. 시간이 지나며 자연스럽게 옅어졌다. 나도 그저 남들처럼 평범하게 가정을 꾸리고 싶다, 혼자 살고 싶다는 가치관 중에서 결혼을 선택했을 뿐이다. 누구에게도 기대지 않고 혼자서 꿋꿋이 인생을 개척한 페미니즘 자서전 혹은 소설과는 사뭇 다른 결말이지만 나는 만족한다. 결혼에 대한 가치관을 정립하고 선택하고 실행에 옮긴 것도 나다. 삶에 대한 개인적 선택을 정당화할 필요도 없다. 지극히 개인적인 영역이니까.

글쓰기

환기

네덜란드 화가 빈센트 반 고흐를 좋아한다. 반 고흐의 작품을 처음으로 만난 건 대학에 입학하고 얼마 지나지 않아서였다. 물론 어릴 때부터 조악하게 인쇄된 테이블보나 여행지의 기념품 가게를 통해서 그의 작품을 접하긴 했지만, 작품의 정확한 이름과 화가에 대해서 알게 된 것은 그때가 처음이었다.

당시 학생들 사이에서 인기가 많았던 교양 과목 중에 '서양 미술의 이해'가 있었다. 유명세를 입증하듯 강의실을 가득 메운 학생들 앞에서 조교가 작품을 화면에 띄웠다. 반 고흐의 〈별이 빛나는 밤에〉였다. 웅성이던 강의실이 일순간 조용해졌다. 그리고 바로 그때 나는 그림과, 반 고흐와 사랑에 빠져버렸다. 어두운 강의실 한쪽에 마치 별이 떠오르듯 그림이 반짝였다. 칠흑처럼 어두운 밤하늘과 깊이 잠든 마을의 파랑, 초록이 별빛의 찬란한 노랑을 더욱 빛나게 만들었다. 동영상을 튼 것도 아닌데 별빛이 넘실대는 것처럼, 마치 살아 움직이는 것처럼 보였다. 그날 그 순간 강의실의 정적, 분위기, 모두를 감쌌던 감동을 절대 잊지 못할 것 같다.

수년이 지나 양극성 장애로 진단받았다. 동시에 반 고흐에 대해 알아가면서 그도 정신질환을 앓았고, 의심되는 진단 중 하나가 바로 양극성 장애라는 사실을 알게 된 후 더욱 그에게 빠져들었다. 무의식적으로 나는 반 고흐와 나를 동일시했던 것 같다. 미술학도가 아니었으니 화가로서 그의 신념이나 화풍을 닮고자 했던 것은 아니다. 그러나 반 고흐를 통해 정신질환으로 고통받으면서도 이토록 아름다운 그림을 그릴 수 있으며, 우울, 불안, 수치심 같은 부정적인 감정을 예술로 승화할 수 있다는 것을 알았다. 양극성 장애를 앓아도 얼마든지 창조적인 활동을 할 수 있다는 것, 그 사실 자체가 나에게 큰 용기를 주었다. 나도 반 고흐처럼 내 안의 부정적인 에너지를 예술적인 무언가로 승화하고 싶었다.

일기처럼 글을 쓴 지는 제법 오래되었다. 글쓰기는 공부만 하느라 예체능에 소질이 없던 내가 찾은 유일한 예술적 재능이었다. 갓 스무 살 때부터 누가 시킨 것도 아니었는데 하루 네다섯 줄이라도 꼭 글을 썼다. 언젠가는 아무런 영양가 없이 일과를 줄줄이 적기도 하고, 언젠가는 쉬이 털어놓지 못하는 생각이나 감정에 대해 긴 글을 적을 때도 있었다. 꼭 처음부터 내가 쓰지 않더라도 마음에 드는 글귀나 노래의 가사를 옮겨 적을 때도 있었다. 아무것도 적지 않는 날도 있었지만 글을 쓰지 않는 기간이 일주일을 넘진 않았다. 생각이 많을 땐 하루에 두 번, 세 번도 적었다. 아무도 알아주지 않았고 아무런 보상도 없었지만 자연스럽게 오래 유지했고, 쌓이고 쌓여 지금껏 20년 남짓 늘 글을 썼다.

그리고 돌이켜 생각해보면 글 쓰는 습관이 나를 살렸다. 글쓰기는 양극성 장애로부터 번번이 나를 구했다.

경조증일 땐 영감이 많이 떠올라서, 우울할 땐 누구라도 붙잡고 하소연하듯이 글을 썼다. 경조증 시기에는 정말이지 신이 나서 글을 썼다. 가만히 앉아만 있어도 '끝내주는' 아이디어가 샘처럼 솟았다. 이 멋진 아이디어를 누가 특허라도 내기 전에 내가 먼저 발명해야지. 당장 스타트업을 열 개라도 차릴 기세였다. 그리고 글쓰기는 경조증을 가라앉히는 데 큰 도움이 되었다. 뭔가 하나에 꽂혀서 짧은 시간 동안 미친 듯이 파

헤쳐보면, 그래서 끝을 보면 처음엔 엄청나다고 혼자 감탄한 아이디어도 이미 누군가 생각하고 현실화한 경우가 대부분이었다. 혹은 이미 오류가 입증되었거나. 아니면 이미 시도해 보고 망했거나. 김이 새긴 했지만 곧 고개가 끄덕여졌다. 그래, 하늘 아래 새로운 아이디어는 없다. 그리고 그래도 괜찮았다. 또 다른 아이디어가 넘쳐났으니까.

글쓰기는 주로 우울 삽화 때 그 진가를 발휘했다. 전공의 때였던 것 같은데 유독 자살 사고가 빈번해졌을 때, 어느 밤에 스스로 다짐했다. 유서는 꼭 쓰고 죽자. 실제로 몇 번 썼다. 쓰다 보니 스스로가 불쌍해서 펑펑 울었다. 그렇게 목 놓아 울고 나면 당장 죽고 싶은 마음은 조금 사그라들었다. 그래서 죽지 않았다. 물론 내일 또 죽고 싶을 수도 있었지만 그래도 두려움이 조금은 사그라들었다. 아무도 알지 못할 나만의 대나무숲에 언제든, 얼마든지 털어놓을 수 있었다. '믿을 구석'이 생긴 느낌이었다. 손 때가 탄 나의 일기장, 땀이 스며들어 제법 묵직해진 노트를 집어들 때면 성취감마저 느껴졌다.

글로 생각을 정리하는 법은 중학생 때 배웠다. 그 시절 서울대에 수석으로 진학했다던 대학생이 '공부의 기술'을 전수하는 자서전을 썼다. 그중에서 가장 인상적인 부분이 메모하는 습관이었다. 기록에 도움이 될 뿐만 아니라 쓰면서 암기도 되고, 복잡한 머릿속 생각도 정리된다는 팁을 보고 실제로 따라 해봤다. 그리고 정말 도움이 많이 됐다. 고등학교 3년 내내 대학 입시를 준비하면서 이면지에 끊임없이 적으며 암기한 공식과 영단어가 몇천, 아니, 몇만 개는 됐으리라.

글쓰기는 솔직한 나의 생각과 감정을 끌어내고 인정하고, 객관적으로 바라보게 만드는 힘이 있었다. 정신분석을 받으며 깨달았지만 나는 욕망이나 부정적인 감정 앞에 솔직하지 못했다. 그런 세속적인 감정을 느끼는 내가 부끄러웠다.

나도 언니한테 주눅들기 싫어.

친구가 부탁했을 때, 사실은 거절하고 싶었어.

엄마, 아빠에게 나에게도 더 적극적으로 애정을 표현해달라고 말하고 싶어.

저 사람이 부럽다, 질투가 난다.

평소 인정하지 못하고 마음 한 구석 처박아 놓았던 감정들을 떠오른 대로 자연스럽게 적었다. 비록 글 쓰는 동안 아주 찰나이긴 했지만 그렇게라도 평소 인정받지 못했던 머릿속 생각과 감정이 밖으로 끄집어내지면 숨통이 트이는 기분이었다. 순간이라도 내 감정을 그대로 인정해주면, 나라는 존재가 다시금 되살아났다. 아무도 볼 일 없는 일기장이라는 공간에서 나는 부끄러움 없이 오롯이 경조울, 내가 될 수 있었다.

심심하면 내 글을 책처럼 읽었다. 이때 이런 생각을 했구나, 저때 저런 감정을 느꼈구나. 내가 쓴 글을 다시 읽는 과정은 나에 대해서 알아가는 데도 도움이 되었다. 내가 뭘 좋아하고 뭘 싫어하는구나. '나 사용법'을 쓰는 기분이랄까. 그리고 자화자찬 같지만 내가 쓴 글을 좋아한다. 살짝 건조하고 감정적으로 과하지 않은, 평소 내 성격 중에 지극히 이성적인 면모를 닮았다. 나만 이해할 수 있는, 문장 속 숨겨놓은 유머가 피식 웃게 만든다.

아주 가끔 인터넷 익명 게시판에 소설이나 에세이 같은 글을 올렸다. 많은 사람들이 공감해주고 내 글을 좋아해주는 걸 보면서 예상치 못한 기쁨도 느꼈다. 아, 무대 위에서 관객과 소통하는 가수가 이런 기분일까. 얼굴도 모르는 사람들과 생각을 주고받는 과정이 짜릿했고 신이 났다. 사람들과 더 원활하게 소통할 수 있는 방법을 찾은 것 같아 기뻤다.

있는 그대로 느낀 바를 쓰는 건 생각보다 훨씬 큰 힘이 있다. 의사가 되고 난 뒤에, 비록 정신건강의학과 전공은 아니지만 가끔 있는 그대로 감정을 드러내기 어려워하는 환자나 보호자들에게 글쓰기를 권했다. 그러다 가끔 투박한 손편지를 받기도 했다. 서랍 가득 모아놓은 그 시절 편지나 쪽지들은 지금도 소중한 보물이다.

꼭 글쓰기가 아니어도 된다. 감정과 생각에서 영감을 받아 노래를 지어도 되고, 춤으로 표현해도 되고, 그냥 이불을 뒤집어 쓰고 악다구니를 써도 된다. 실제로 얼마나 많은 걸작이 예술가들의 고뇌로부터 탄생했는가. 방식은 중요하지 않다. 중요한 것은 있는 그대로의 나를 표출하는 것이다.

상담을 받을 때, 정신건강의학과 치료를 받을 때 모두 글쓰기가 치유 효과가 있다며 칭찬을 받았다. 스무 살 그 어린 나이에, 어쩌면 서툴게라도 스스로를 보호하려 했던 방어기제였을지도 모른다. 실제로 양극성 장애가 안정되면서, 글 쓰는 빈도가 평소보다 줄어들었다.

글쓰기를 통해 비록 반 고흐처럼 위대한 작품을 창조하진 못했지만, 어쨌거나 그래서 나는 오늘도 글을 쓴다. 내일도 또 글을 쓰겠지. 내일 모레도. 글피에도.

관해

어쩔 수 없는 기대

기분안정제를 먹으면서 일 년, 일 년 반마다 반복되던 경조증과 우울의 주기가 깨졌다. 2년 남짓, 다행히 경조증도, 우울감도 없이 퍽 잘 지냈다. 중간중간 잠이 잘 오지 않는 기간이 있어 주치의와 상의하여 수면제를 낮은 용량으로 처방받아 짧으면 2주, 길면 1달가량 먹긴 했다. 하지만 경조증이나 우울 삽화는 없었다. 불안이나 우울감은 간혹 있었지만 2주 이상 지속된 적은 없었다. 의사에게 익숙한 숫자가 몇 개 있는데, 많은 정신질환의 진단은 '증상이 2주 이상 지속'되어야 한다. 병적인 증상은 2주 이상 지속된다는 게 수많은 연구를 통해 밝혀진 과학적 사실이지만 가끔 궁금하다. 왜 하필 2주일까. 인간의 뇌 속에 보이지 않는 달력이라도 있는 걸까.

스물세 살에 2형 양극성 장애로 진단받은 뒤, 늘 짧으면 반 년에서 길면 일 년 반마다 경조증이나 우울 삽화가 발생했다. 내가 인식하든, 인식하지 못하든. 그래서 2년 가까이 증상 없이 지속되는 이번의 평정기는 나날이 신기록을 달성 중이다. 내 정신질환을 겸허히 인정하고 꾸준히 관리하며 살겠다고 결연하게 다짐했지만 마음 한 구석, 어쩔 수 없는 기대가 꿈틀댄다.

어쩌면 나, 다 나은 건 아닐까.

엄밀하게는 완치가 아니라 관해가 맞는 말이다. 비슷해 보이지만 사실 두 개는 다른 개념이다. 완치는 어떤 질병이 완전하게 나았다는 뜻이고, 관해는 질병이 있다는 증거를 확인하지 못했다는 뜻이다. 전자에 비해 후자는 어딘가 미적지근하다. 정의에서부터 느껴지듯이, 관해는 재발의 가능성을 내포하고 있다. 많은 암 환자들이 수술을 받은 지 5년이 지나면 '완치'되었다고 표현하지만 사실 그들의 상태는 관해에 이른 것이다. 5년이 지나면 재발의 가능성이 현저히 떨어지기 때문에, 좀 더 희망적인 의미에서, 그리고 좀 더 쉽게 전달하기 위해 완치라는 단어를 쓰는 것일 뿐.

양극성 장애는 정신질환 중에서도 재발이 흔하다. 45퍼센트는 한 번 이상 재발을 하고, 40퍼센트는 만성 경과를 밟는다. 나는 불운한 40퍼센트 중 한 명이었고, 재발이 흔하다는 병의 특성을 봐서도, 내가 완치되었다고 표현하긴 어렵다. 다만, 관해에 이르렀다고는 생각해볼 수 있지 않을까. 열심히 교과서와 논문을 뒤졌다. 양극성 장애 중 15퍼센트에서는 증상이 호전되어 완전히 관해되기도 한단다. 처음엔 운이 나쁜 40퍼센트에 속했지만 이제는 운이 좋은 15퍼센트에 속한 걸지도 모른다.

그도 그럴 것이 지난 2년간 재발을 막기 위해 부단히 애를 썼다. 일이든 대인관계든 스트레스를 받을 만한 상황을 최소화했고, 남편이라는 공고한 지지기반이 생겼고, 꾸준히 운동을 했다. 불안이나 우울, 혹은 그와 조금이라도 비슷한 기분을 느끼면 일기를 쓰면서 면밀하게 감정을 살폈다. 가끔 그런 기분이 들어도 다행히 며칠 안에 자연스럽게 호전되었다. 앞으로도 이런 노력을 계속 기울이고 살면서 큰 변화가 없다면, 운이 정말 좋아서 트리거가 될 만한 재난, 사고, 상실 등이 발생하지 않는다면… 어쩌면. 그러지 않으려고 해도 들뜨는 마음을 주체하기 어렵다. 그래, 어쩌면.

요즘 들어 잠을 잘 못 잤다. 나의 경우 재발은 늘 불면과 함께 찾아왔기에 웬만하면 2주를 넘기지 않고 정신건강의학과를 찾아 수면제를 처방받는다. 불면이 알고 보니 양극성 장애의 재발 증상이 아닌지 확인하기 위함이다. 한 달 가까이 수면제를 먹고 있긴 하지만, 다행히 경조증이나 우울 삽화를 의심할 만한 증상은 없다. 나의 경우 오랜 당직 때문에 수면 사이클이 깨져 조금만 스트레스를 받아도 잠을 잘 자지 못하는 산업재해적 불면증을 앓고 있다. 양극성 장애로 인한 불면과 쉽게 구분이 되지 않으므로 전문가의 도움은 꼭 필요하다. 이번엔 비정상적으로 기분이 들뜨지 않고, 우울하지 않으며, 잘 먹고 (비록 수면제를 먹지만) 잘 잔다.

"선생님, 혹시… 저 양극성 장애가 다 나았을 가능성도 있을까요?"

주치의와 짧은 상담을 마치고, 슬며시 물어본다. 숨기려고 노력했지만 내 얼굴에 기대가 드러났는지 주치의가 엄격한 표정을 짓는다. 불필요한 희망을 줄까 봐 자제하려는 표정이다. 나도 의사로서 잘 짓는 표정이다.

"실제로 10명 중에 1~2명은 완전히 관해되기도 해요. 하지만 조울씨, 잘 아시듯이 확언하기엔 관찰 기간이 너무 짧아요. 좀 더 지켜봐야죠."

관찰 기간이 너무 짧다는 말도 의사들이 즐겨 쓰는 표현이다. 관찰 기간이 짧다는 말은 확신을 가질 수 있는 근거를 충분히 모을 만한 시간이 부족했다는 의미이며, 곧 '아직은 관해라고 말할 수 없다'는 뜻이다. 이 역시도 나도 즐겨 쓴다. 그래서 바로 수긍하고 돌아섰다.

집으로 돌아가는 길, 애써 실망한 기분을 떨쳐버린다. 주치의는 관해가 아니라곤 말하지 않았다. 얼핏 말장난 같지만 있는 그대로의 사실이다. 이대로 시간이 더 흘러도 증상이 없으면, 어쩌면 언젠가 정말 관해될지도 모른다. 기다려보자. 나를 달랜다.

자주 우울한 누군가에게

우울증과 양극성 장애

첫 우울 삽화로 2형 양극성 장애를 진단받고, 반년 정도 약물 치료를 받다가 드디어 약을 줄여서 끊었던 날, 진료실을 걸어 나오며 느꼈던 뿌듯함을 기억한다. 앞으로 오지 않아도 된다고, 증상이 생기면 다시 오라는 교수님의 말은 그동안 겪었던 고통에 종지부를 찍어주었다. 문득 세상이 다 아름다웠다. 나는 우울과 자살 사고를 맞서 싸워 이겨낸 투사였고, 그런 나 자신이 기특하고 자랑스러웠다. 하늘은 맑고 햇볕은 따스했으며, 두 뺨을 스치는 바람은 상쾌했다. 나는 한 편의 청춘 영화 속 주인공이었고, 그 찬란한 순간은 오롯이 나만의 것이었다.

‘최근 들어 우울한 것 같다. 하지만 내가 느끼는 감정이 우울은 맞을까? 난 분명히 다 나았는데. 다 좋아졌는데.’

시간이 흘러 다시 우울해졌을 때, 나는 차마 인지하지도, 인정할 수도 없었다. 나는 우울증을 이겨낸 사람이었고, 그런 사람의 인생에 다시 우울이 드리울 순 없었다. 어떤 역사적, 과학적 근거가 있는 것은 아니었지만 왠지 그랬다. 단 한 번의 우울 삽화도 인생을 송두리째 바꿀 만큼 고통스러웠다. 죽어도 다시 겪고 싶지 않았다. 하물며 이번에는 실연 같은 뚜렷한 트리거가 있는 것도 아니었다. 내가 우울할 리 없어. 우울하면 안 돼. 오래도록 눈을 감은 채 외면했다. 시도 때도 없이 우울감과 자살 사고가 솟아올랐지만 스스로의 감정을 인정해주지 않았다. 몇 달을, 아니 몇 년을 그렇게 발버둥 치다가 마침내 인정했을 때 나 자신에게, 그리고 이 세상에 느꼈던 분노, 배신감, 그리고 좌절을 기억한다. 하루아침에 나는 전사에서 패잔병이 되었다.

나는 우울증 환자이고 싶었다. 우울증에 대한 사회적 인식이 점점 높아졌고, 해마다 유병률도 올랐다. 유행처럼 우울증에 대한 책이 쏟아져나왔다. 과거 예술가들이 앓았던 결핵이 선망의 대상이었던 것처럼 지적인 현대인이라면 한 번쯤 겪을 만한 우아한 질환처럼 보이기도 했다. 무엇보다 우울증을 이겨냈다는 건 지금의 내가 훨씬 건강하고 단단한 사람이 되었다는 방증이었고, 투병기를 털어놓는다는 것도 나의 용기를 과시하기 좋은 방법이었다. 어디까지나 과거형이라는 전제하에, 나는 기꺼이 우울증 환자일 수 있었다.

사실 우울증과 양극성 장애는 우울한 모양새는 닮았어도 완전히 다른 질환이다. 양극성 장애의 우울 삽화에서도 일반적인 우울증과 같은 증상들이 나타난다. 일단 우울하고 만사에 흥미가 떨어진다. 이유 없이 불안하고 집중하기 어렵다. 기력이 없고 쉽게 피로해지며 식욕이 없거나 불면에 시달리기도 한다. 그리고 우울증이든, 양극성 장애든 모든 증상이 일상생활을 방해할 정도로 심각하다. 증상도, 심한 정도도 너무 비슷해서 나도 첫 우울 삽화 때 스스로 우울증으로 진단을 내릴 정도였다.

그래도 양극성 장애의 우울 삽화가 우울증과 다른 몇 가지 특징들이 있다. 양극성 장애에서는 식욕이 줄어들거나 잠들지 못하기보다 오히려 많이 먹거나 많이 자는 비전형적인 증상으로 나타나는 경우가 더 흔하다고 한다. 나는 아니었다. 식욕이 없었고, 억지로 먹으려 해도 목에 뭐가 걸린 듯해서 음식을 삼킬 수 없었으며, 밤마다 잠들기 어려웠다. 아마 나 같은 환자 때문에 우울증과 양극성 장애를 구분하기가 더욱 어려운 거겠지. 다른 사람이 나에게 피해를 입히려고 한다든지, 내 생각을 타인이 들을 수도 있다고 믿는 망상이나 정신병적 증상도 양극성 장애에서 더 흔하게 동반된다. 망상은 나도 마지막 우울 삽화에서 겪었다.

환자로서 내 경험을 말하자면, 우울증과 양극성 장애의 가장 큰 차이는 경조증의 유무와 잦은 재발이 아닐까 싶다. 우울이 자주, 정말 자주 찾아왔고 아무 이유 없이 시작되었으며, 갑자기 심해졌다가 갑자기 좋아지기도 했다. 기간도 2~3개월 정도도 짧게 지나가는 경우가 많았다. 기분 변화는 일 년에서 일 년 반이라는 주기성을 보였지만 계절이나 생리주기와는 관련이 없었고, 잦은 우울 삽화 사이에 분명히 과도하게 들뜨는 기분과 넘치는 에너지, 경조증을 경험했다.

또 양극성 장애는 십 대나 이십 대 초반 등 어린 나이에 시작되는 경우가 많다. 나도 그랬다. 진단받았을 때 나이가 스물셋이었다. 이에 비해서 우울증은 삼십 대 이후에 발병하는 경우가 많으며 서서히 심해지고, 기간이 대개 수개월 이상이며 대체로 자주 나타나지 않는다.

우울증과 달리 양극성 장애는 다른 정신과 질환이나 증상이 동반되는 경우가 많다. 특히 섭식 장애나 알코올 중독 같은 물질사용 장애를 함께 앓는 경우가 흔하다. 나의 경우 술을 자주, 많이 마셨다. 요즘 화제가 되고 있는 성인 ADHD Attention-Deficit Hyperactivity Disorder(주의력 결핍 과잉행동 장애)도 양극성 장애와 병발하는 질환 중 하나이다. 성인 ADHD는 쉽게 주의가 분산되거나 말이 많아지는 등 증상마저 양극성 장애와 비슷해서, 두 질환을 구분하기가 매우 어렵다.

양극성 장애의 가장 심각한 증상은 자살 사고이다. 양극성 장애 환자 열 명 중 세 명이 일생 중 한 번 이상 자살을 시도하며, 실제 자살로 인한 사망률도 전체 환자의 10~15퍼센트에 달한다. 이는 일반 인구의 약 15~20배에 달하는 수치이며, 우울증을 비롯하여 다른 어떤 정신과 질환보다도 높은 사망률이다. 나의 경우에도 잦은 재발을 경험하면서 정말 지긋지긋하게 자살 사고에 시달렸고, 넌덜머리 날 만큼 자주 자살을 계획했다.

인터넷만 찾아봐도 우울증과 양극성 장애의 차이를 나열한 글은 많지만, 비전문가가, 특히 우울을 경험하고 있어서 심신의 에너지가 고갈된 사람이 자신의 증상을 객관적으로 바라보고 우울증과 양극성 장애를 구분하기란 쉽지 않다. 의사인 나조차도, 심지어 처음부터 양극성 장애로 진단받고도 둘이 다른 질환이라는 걸 이해하지 못했다.

가끔 생각한다. 십여 년 전 처음 2형 양극성 장애로 진단받았을 때, 우울증과 양극성 장애가 이렇게 다른 질환이라는 걸 알았더라면 내가 느꼈던 혼란과 저항도 좀 줄었을까. 양극성 장애라는 진단을 받아들고도 우울증과의 차이를 알지 못하니 내 멋대로 해석했다. 나에게 우울증이나 양극성 장애는 비슷한 질환처럼 보였고, 그래서 양극성 장애도 우울증처럼 한 번 겪고 말 거라고, 혹은 자존감을 올리면 우울하지 않을 거라고, 그렇게 재발을 막을 수 있다고 착각했다. 첫 약물 치료를 종결할 때, 앞으로 또다시 이유 없이 우울해질 수 있고 생각보다 오래 치료가 필요하다는 사실에 대해서 교수님이 경고를 해줬더라면, 설득해줬더라면 내가 좀 더 쉽게 진단을 받아들이고 적극적으로 치료를 받지 않았을까. 혹은 불면증을 핑계로 정신건강의학과를 전전했을 때, 나의 상태를 좀 더 면밀하게 살피고 기분을 먼저 조절해야 한다고 말해주는 의사가 있었더라면 어땠을까. 물론 십 년이 넘도록 양극성 장애를 부정하고 도망쳤던 내 잘못이 크지만, 불규칙하게라도 정신건강의학과를 찾았던 건 정말 괴로워서 견디지 못한 순간에 겨우 뻗었던 구조 신호였고, 그 신호를 누군가 좀 더 들여다 봐줬더라면 이렇게까지 먼 길을 돌아오지 않았을지도 모른다. 배은망덕하게 들릴지도 모르겠지만 일말의 아쉬움이 남는 건 어쩔 수가 없다.

차라리 단발성 우울증이었기를 바라며 증상을 무시하고 방치하는 동안 나의 영혼은 크게 상처 입었다. 달콤하지만 찰나에 불과한 경조증만 바라보면서 우울에 괴로워하는 나날이 십 년 넘게 지속되었다. 미친 듯이 벗어나고 싶었지만 우울은 끈질기게 나를 찾았고, 스트레스를 피하고 자존감을 높이려는 나의 의지나 노력과는 상관없이 우울해질 때면 도대체 나는 왜 이렇게 생겨먹었을까, 왜 나에게만 이런 일이 생기는 걸까 끝없이 자책했다. 출퇴근하는 지하철 속 행복해 보이는 다른 사람들의 표정을 바라볼 때면 나 자신이 외계인 같았다. 무슨 수를 써도 행복해지지 못하는, 불행을 타고난 존재. 공허하고 외로웠다. 십 년을 그렇게 헤매었다.

혹시 자주 우울한 누군가가 있다면 이런 말을 해주고 싶다. 어쩌면 당신은 우울증이 아닐지도 모른다고. 우울은 질환 그 자체가 아닌 증상 중 하나이며, 우울을 유발할 수 있는 질환은 우울증 외에도 다양하다. 만성 우울증일 수도 있지만, 성인 ADHD나 불안 장애, 양극성 장애, 혹은 아예 다른 질환일 수도 있다. 이미 우울증으로 진단받고 치료받은 뒤 좋아졌는데 또다시 우울하다면 우울증이 재발한 것일 수도 있고, 나처럼 만성적인 우울을 유발하는 2형 양극성 장애를 앓고 있는 것일지도 모른다. 치료에 반응이 없는 난치성 우울증일 수도 있지만 오진의 가능성도 있다. 실제로 수많은 양극성 장애 환자가 초기에는 우울증으로 진단받으니까.

중요한 것은 자주 우울하다고 해서 이번 생은 망했다고 좌절하거나 좋아질 기미가 없다고 포기하는 것이 아니라 나에게 맞는 진단과 치료를 찾는 것이다. 나는 정신건강의학과 전문의가 아니고, 그래서 어떤 사람의 증상을 두고 우울증이다, 아니다 단정지어 말할 수는 없다. 자주 우울하다고 해서 우울증이 아니고 무조건 양극성 장애라고 주장하는 것도 아니다. 하지만 이유 없이 우울이 재발하는 사람이 있다면, 낫지 않는 불치병에 걸린 것이 아니라, 운이 나쁜 것이 아니라 어쩌면 다른 이유 때문일 수도 있다는 생각을 해봤으면 한다.

치료받으면 누구나 좋아질 수 있다는 말을 무책임하게 내뱉고 싶지는 않다. 정신건강의학과에 가고 도움을 구하는 것은 언제나 큰 용기를 필요로 하는 일이고, 뒷감당은 오롯이 개인의 몫이다. 자주 우울한 누군가가 있다면, 그저 나처럼 오래도록 혼자서 괴로워하지 않았으면 좋겠다. 나는, 적어도 나의 경우에는 2형 양극성 장애를 인정하고 꾸준히 약물 치료를 받기 시작한 뒤부터 인생이 살 만해졌다. 지난했던 우울과 자살 사고도 자취를 감췄다. 우울이란 상태에 도대체 끝이 있는지, 그것이 언제인지는 모르겠지만, 최소한 안정이 되기는 했다. 폭풍의 눈 한가운데 아무렇게나 내던져지는 게 아니라 내 감정과 기분을 객관적으로 바라보고 조절할 수 있는 날들이 오긴 오더라. 그리고 나는 그것만으로도 훨씬 살 만해졌다.

epilogue

2형 양극성 장애를 앓는 의사

수차례 재발을 거치고 나서야, 나는 마침내 받아들이기로 했다. 2형 양극성 장애, 나의 병을. 진단받은 지 무려 십 년이 지난 뒤였다.

인정하는 일은 결코 쉽지 않았다. 솔직히 말하면 아직도 가끔씩 버겁다. 내가 정신질환자라는 사실이. 비록 정신건강의학과 전문의는 아니지만 그래도 의사로서 정신질환에 대해 잘 이해하고 있다고 자부한다. 정신질환도 당뇨병이나 고혈압 같은 만성질환일 뿐이라고, 정신질환을 앓으면서 충분히 일상생활을 영위할 수 있다고, 약물 치료와 상담을 통해 증상을 조절할 수 있다고 내 환자들에게 입이 닳도록 말하면서도,

정작 내가 정신질환을 앓고 있다는 사실을 주변에 알렸을 때 받게 될 시선, 선입견, 차별이 두렵다.

'나는 그렇게 양극성 장애를 극복했습니다' 혹은 '그렇게 나의 일부분으로 받아들였습니다'라고 당당하게 말할 수 있으면 좋겠지만, 아쉽게도 아니다. 아직 아빠에게는 알리지 못했고, 남편과 아주 가까운 친구들 몇 명에게만 털어놓았을 뿐이다. 앞으로도 공공연하게 '커밍아웃'할 생각은 없다.

그럼에도 불구하고 나는 받아들였다. 내가 2형 양극성 장애를 앓고 있으며, 평생 관리해야 하고, 운이 좋으면 약을 끊을 수 있을지도 모르지만, 오랜 기간 약을 먹을 가능성이 더 크다는 사실을 말이다. 의학적으로는 이를 '병식이 생겼다'라고 표현한다. 누군가 병에 걸린 상태를 인식하는 것을 의미하고, 정신건강의학과 측면에서는 환자가 자신의 증상이나 감정, 혹은 행동의 의미와 원인을 이해하고 인지하는 상태를 말한다.

좀 더 그럴 싸한 이유가 있으면 좋겠지만 양극성 장애를 받아들인 이유는 '울며 겨자먹기' 같은 것이었다. 나는 우울삽화가 두려웠다. 손끝 하나 까딱할 수 없는 무기력감, 조금만 먹어도 속이 더부룩하고 배가 아파서 아무것도 먹을 수 없는 상태, 잠들지 못하고 온갖 부정적인 생각에 빠져서 뒤척이는 기나긴 밤, 끊임없이 고개를 드는 자살 충동. 마지막 우울 삽화 때 겪었던 편집증적 사고와 망상까지. 일 년에서 일 년 반 주기로 우울 삽화를 겪으며 나는 진이 빠져버렸다. 도저히 이길 수 없는 결투에서 연패를 당하는 기분이었다. 더는 그렇게 살고 싶지 않았다. 아니, 그렇게 살 수가 없었다. 그렇게 살다가는 언젠가 정말 스스로 삶을 마감할지도 모른다는 생각이 들었다. 어니스트 헤밍웨이, 반 고흐, 버지니아 울프…. 수많은 유명인들이 양극성 장애로 추정되는 정신질환을 앓다가 스스로 목숨을 끊었다. 역사를 반복할까 봐 두려웠다. 그만큼 우울은 고통스러웠고, 그 고통은 치명적이었다. 결국 우울 삽화를 최소화하기 위해서 2형 양극성 장애를 앓고 있다는 사실을 받아들였고, 기분안정제를 먹기 시작했다.

기분안정제를 먹으며, 비로소 평화로운 나날이 찾아왔다. 평상 기분 상태가 지속되면서 일상은 평탄해졌지만, 새로운 고민이 고개를 들었다. '진짜' 나는 누굴까. 경조증 시기의 나일까, 우울 삽화 시기의 나일까.

"살면서 기분이 들뜨지도 않았을 때, 우울하지도 않았을 때 어땠어요?"

사실 재발을 수차례 겪는 사이 짤막하게 겪었던 평상 기분 상태의 나는 잘 기억이 나지 않는다. 살면서 그런 상태를 유지할 때가 있긴 했는지도 잘 모르겠다. 시무룩한 얼굴에 주치의는 웃으며 괜찮다고 했지만, 인생에 내가 기억하지 못하는 상태가 존재한다는 게 사뭇 마음에 걸렸다.

나를 잃은 것 같다는 푸념에 주치의는 기분안정제 용량을 살짝 줄여주면서, 다시 숙제를 내주었다.

"조울씨가 생각하는 나에 대해서 한번 정리해보세요."

그러고 보면 나라는 사람에 대해서 글을 써본 적은 없었다. 이 나이 먹도록 스스로를 잘 모르는구나, 한참 모니터 앞에 앉아 있다가 깨달았다. 처음엔 아주 보수적으로, 자타공인 할 만한 개성만 적었다. 책임감이 강하다, 의사로서 사명감이 크다, 정이 많다, 이성적이다, 마음이 여리다, 가끔 욱한다… 경조증 상태이거나 우울 삽화일 때도 크게 영향을 받지 않은 성격적 요인이었으며, 가족이나 주변 친구들에게 평소 듣는 평가였다.

꾸준히 상담을 받으면서, '나 사용법'을 적기 시작했다. 평상 기분 상태의 나를 좀 더 잘 알고 싶었다. 경조울이 어떤 사람이고, 뭘 좋아하고, 뭘 싫어하는지 일기처럼 매일 적으며 나라는 사람에 대해서 더 잘 알게 되었다. 어떤 상태든 간에 오롯이 변하지 않는 내가 있었다. 경조증도 우울 삽화도 아닌 시기의 경조울은 분명히 존재한다. 경조증 시기처럼 괴이한 에너지에 휩싸이지도, 우울 삽화 시기의 어두침침하지도 않은 나. 아직도 내가 어떤 사람인지 알아가는 중이지만 그것이 오롯한 나 자신이다. 나는 여전히 가끔 흔들리고, 가끔 잠 못 이루지만 나름 안정적인 일상을 영위하려고 고군분투 중이다.

양극성 장애를 부정하고 피해다녔던 십 년 동안 나를 지배했던 것은 수치심이었다. 멀쩡한 척 살고 있지만 정신질환에 시달리고 있는 사람. 타인뿐만 아니라 나 자신까지도 속이는 것 같아 마음이 편치 않았다. 양극성 장애를 인정하면서 스스로에게 훨씬 너그러워졌다. 어쩌겠어, 내가 이런 사람인 걸. 뚱뚱한 사람이 있고, 마른 사람이 있듯이 나는 양극성 장애를 갖고 있고 앞으로도 꾸준히 관리해야 한다. 스스로를 아무리 미워하고 다그쳐봐도 현실은 변하지 않으며 오히려 나빠지기만 할 뿐이다. 그냥 받아들이자. 반가운 손님처럼 기쁘게 받아들인 건 결코 아니지만 어쨌거나 인정하고 나니 훨씬 편해졌다. 과도한 자기 연민도 사그라들었다. 있는 그대로의 나 자신을 받아들이면서 억지로 좋은 가치로만 규정하고 그 틀에 구겨 넣으려는 시도, 끊임없는 자기 검열을 멈췄다. 아직도 부족하지만, 그래도 스스로에게 조금은 너그러워져가고 있다.

성인 ADHD로 치료받는 한 작가의 SNS을 팔로우하고 있는데, 그분이 이렇게 적었다. 치료가 잘 되고, 증상이 잘 조절되기 시작하면서부터 인생이 급격하게 재미가 없어졌다고. 성인 ADHD의 다양한 관심사와 산만함, 충동성은 2형 양극성 장애의 경조증과 닮아 있기에 나는 꽤 공감했다. 나도 양극성 장애의 증상이 조절되면서부터 주변 자극에 대한 민감도가 줄어들었고, 환경과 사람, 사건이 지난날의 매력을 잃은 느낌을 받았다. 경조증, '봄날'을 기억하는 몸뚱이는 자꾸 지난날의 강렬한 자극과 그에 반응하는 나의 활력, 창의성을 되찾고 싶고, 그 욕구가 충족되지 않으니 매일 조금씩 좌절을 맛본다. 원래 일상이 이렇게 재미없는 것이었나, 정신 질환을 앓지 않는 사람들의 하루하루는 이렇게나 평범한 것이었나 의아할 지경이다.

물론 그렇다고 해서 다시 경조증을, 2형 양극성 장애의 악화를 경험하고 싶은 것은 아니다. 치러야 할 대가가 너무 크다는 걸 이제는 잘 알고 있으니까. 일상의 무료함을 견디지 못한 성인 ADHD 환자 중 일부가 치료를 자발적으로 포기하기도 한다지만, 차마 그럴 '용기'는 없다. 치료를 유지하면서 작은 성과와 그로 인해 쌓이는 성취감을 통해 일상의 즐거움을 재정의하고 누리는 것, 그것이 앞으로 내가 노력해야 할 과제라고 생각한다.

양극성 장애를 적극적으로 관리하겠다고 마음먹은 뒤부터 운동, 절주, 상담 및 투약이 좀 더 쉬워졌다. 모든 것이 마음가짐에 달려 있다고 하던가. 고혈압, 고지혈증 약을 챙겨먹는 환자들 마음이 이렇지 않을까 싶은데 어느 순간부터 '왜 나만'이라는 마음이 사그라들고, 귀찮지만 나라는 사람으로 살아가기 위해 자연스럽게 해야 하는 습관이자 일상이 되었다. 의식적으로 그렇게 만들려고 노력했다. 먹고, 자고, 씻는 것처럼 상담과 약물 치료가 당연한 행위로 삶에 편입되어야 했다. 사람이 삼시 세끼 밥을 챙겨 먹으며 매번 번거롭게 여기지 않듯이, '관리'가 생활에 녹아들고 나니 더 이상 고통스럽거나 유난스럽게 여겨지지 않았다. 2주에 한 번 정신건강의학과를 찾는 것도 그저 평범한 일상이 되었다.

이제 나는 2형 양극성 장애를 조금은 귀찮고, 그러나 평생 함께 살아야 하는 반려동물 정도로 생각하고 있다. 원래 양극성 장애는 만성 질환이고, 약을 중단하면 재발 위험이 높기에 오랜 기간 약물 치료를 받아야 한다. 아직도 주기적으로 정신건강의학과에 가서 주치의와 기분에 대해서 상의한다. 증상이 재발하면 기분안정제와 수면제 용량을 조절하고 반려동물 밥을 챙겨주는 기분으로 약을 챙겨 먹는다. 평소 내가 느끼는 감정과 생각을 면밀히 관찰하고, 짧게나마 일기로 남기는 습관도 들였다. 병을 극복한 위대한 투병기는 아니지만, 경조증과 우울 삽화에 휩쓸리지 않고 일상을 평범하게 유지하며 살고 있는 환자의 용감한 기록 정도는 되겠지.

나는 2형 양극성 장애를 앓고 있다.

가끔 찬란하고 자주 우울한

경조증과 우울 사이, 의사가 직접 겪은 조울증의 세계

초판 발행 2023년 12월 22일

지은이 경조울
펴낸이 김정순
편집 허영수
디자인 이강효
마케팅 이보민 양혜림 손아영

펴낸곳 (주)북하우스 퍼블리셔스
출판등록 1997년 9월 23일 (제406-2003-055호)
주소 04043 서울특별시 마포구 양화로 12길 16-9(서교동 북앤빌딩)
전자우편 editor@bookhouse.co.kr
홈페이지 www.bookhouse.co.kr
전화 02-3144-3123
팩스 02-3144-3121

ISBN 979-11-6405-229-5 03810